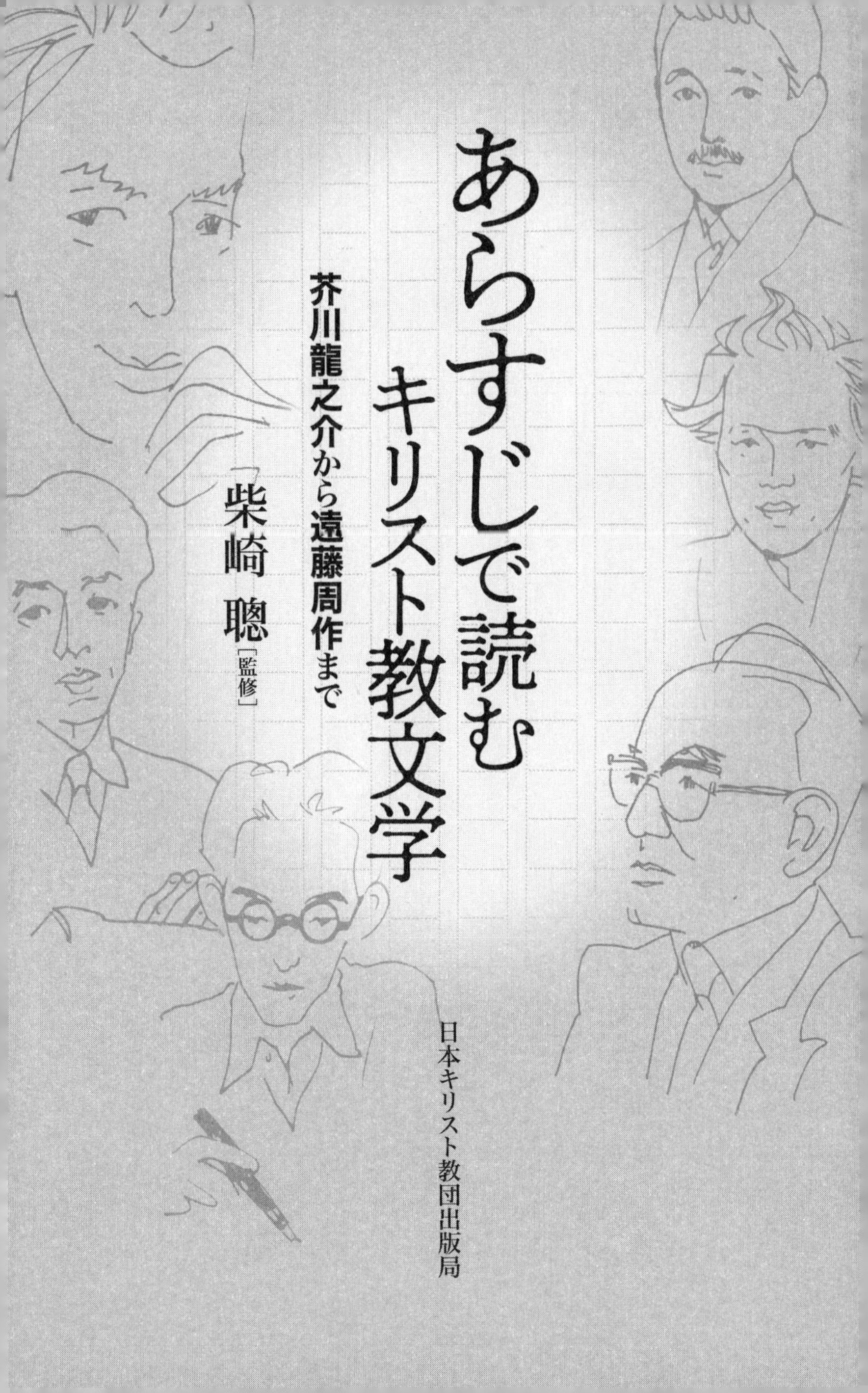

あらすじで読むキリスト教文学

芥川龍之介から遠藤周作まで

柴崎 聰［監修］

日本キリスト教団出版局

本書は、月刊誌『信徒の友』（日本キリスト教団出版局）の連載「あらすじで読むキリスト教文学」（２０１１～２０１２年度）の記事を書籍化したものです。

キリスト教文学とは何か

柴崎　聰

文学作品の「あらすじ」を読み進める前に、「キリスト教文学」のゆるやかな定義をしておかなければならない。「ゆるやかな」という形容詞を付したのは、評者・論者の数だけ多様な定義が存在するために、画一的に統一することが不可能だからである。

作者に軸足を置くのか、作品に軸足を置くのかによって、定義は微妙に違ってくる。以下、四人の識者の際立った定義を読み取っていきたい。

哲学者でありパスカル研究者の森有正は、神が人間になったという受肉の実在、すなわちイエス・キリストによって根拠を与えられた文学を「キリスト教文学」であると言う（「近代文学とキリスト教についての一考察」）。

「キリスト教は文学の材料としてその中に消化吸収せられるに甘んずるものではなく、従って単に文学的内容であるばかりではなく、文学的創造活動の根源にあってそれに生命を与え、その方向を決定するものであることが明らかになるであろう。」

森は、キリスト教を単に文学の材料として見るのではなく、創作活動の根源にあって、その作品に真摯《しんし》に生命を与え続けるものである、と言う。

作家の椎名麟三は、神であり人であるという絶対矛盾を生きたイエス・キリストによって与えられた自由を得た者こそがなし得る文学を「キリスト教文学」であると言う（「キリスト教と文学」）。椎名は、この論考において、「キリスト教と文学」については詳述しているが、「キリスト教文学」について直接に言及しているわけではない。しかし、近代文学が神からの自由を掲げて出発していることに着目し、相矛盾する「個人的な自由」と「社会的な自由」を超克する存在として、イエス・キリストを挙げているその見解を、私たちはおおらかに承認しなければならない。椎名の論拠を敷衍《ふえん》して言うならば、「キリスト教文学」とは、絶対矛盾を生きたイエス・キリストによって自由を与えられた者こそがなし得る文学である、と言える。

英文学者の山形和美は、「キリスト教文学」という言い方に曖昧《あいまい》さを感じながらもイギリスの作家グレアム・グリーンを例に出して、「キリスト教文学」とは、「キリスト教徒の書いた文学」であるとあえて限定し、その創作主体である作家に以下のように重要な役割を見ている。

「われわれは、少なくとも近代以降矛盾・対立してきたキリスト教と文学の両者の融合への道を開示する努力なしに、キリスト教的文学の可能性を問題にすることはできないと判断する。この融合の可能性はすでに見てきた中で暗示されているだろうが、ここでそれを再び確認すれば、キリスト教と文学の交錯する地点に立つのはキリスト教徒である作家であり、その作家は芸術の名において一切を恣意的な自由にもはや委ねることはできず、彼は責任ある主体としての自己存在のすべてを賭けざるをえないのである。」

山形は、「責任ある主体」としてのキリスト教徒の創作した文学に言及しているが、「キリスト教的文学」という表現をしていて、「キリスト教文学」とどのように相違するのか、少なくとも本論考では直接はふれていない。

日本文学者の佐藤泰正の定義に、心して耳を傾けたい。佐藤は「キリスト教文学を読む――近代日本という風土を軸として」という論考で次のように述べている。

「〈キリスト教文学〉という時、これはひとりキリスト者の文学のみを指すものではあるまい。欧米のごときキリスト教国ならぬこの風土にあって、ことは微妙に錯綜し、屈折する。聖書やキリスト教に出会いつつ、なお入信に至らず、〈信〉と〈認識〉のはざまに揺れつつ、その葛藤、その緊張自体を生き抜いた作家、詩人のなかに、我々は見るべき多くを読みとることができよう。同時にまた〈信〉とは単に自足の恩寵に安住するものでもあるまい。さらにいえば、その〈信〉の根底をゆるがす、この風土自体の特性、伝統的エトスともいうべきものの所在もまた見逃せまい。」

佐藤は、近代日本という風土にあって、「なお入信に至ら」なかったが、「〈信〉と〈認識〉のはざまに揺れつつ、その葛藤、その緊張自体を生き抜いた作家、詩人」を具体的に念頭に置きながら論じている。それらの作家や詩人とは、芥川龍之介や太宰治や大岡昇平や中原中也らであろう。この論考から、「キリスト教文学」が単に「キリスト教徒の文学」ではないことを、私たちに諄々《じゅんじゅん》と諭すように伝えようとしている。

最後に、私たちの「キリスト教文学」の「ゆるやかな定義」を提示しておきたい。

「キリスト教文学」とは、「作者がキリスト教徒でない作家・詩人であったとしても、その文学的発想や営為の根拠に、キリスト教や聖書があり、そこからのメッセージと融和し、あるいは格闘しながらも、それに捕らえられ促されて表出する魂の文学」である。

本書では、二十三人の創作した二十四作品の「あらすじ」を味わっていくことになる。あくまでも「あらすじ」である。これらを「入口」にして、ぜひ作品そのものへと進んでいただきたい。そこには作家たちの喜怒哀楽に富んだ心の移り行きをもうかがわせる驚きの文学の軌跡を読み取ることもあるに違いない。

その予感と期待は、作品を何度も読み直し、「あらすじ」を認《したた》めた紹介者たちの唯一の切なる願いである。

もくじ

＊作品掲載順は原作の発表年順です。
＊目次の各作品の（　）は「あらすじ」の執筆者名です。

あらすじで読むキリスト教文学——＊

徳冨蘆花

思出の記《おもいでのき》

生涯の師クラーク先生と出会い、耶蘇教にいざなわれた青年の多感な人生。やがてクリスチャン・ホームへと実を結ぶ。

作者略歴

徳冨蘆花（とくとみ　ろか）
（一八六八〜一九二七）
小説家。熊本県の現在の水俣市生まれ、本名徳冨健次郎。兄は近代日本の代表的思想家蘇峰こと猪一郎《いいちろう》。十一歳で同志社に入学。親類・縁者にクリスチャンが多く、蘆花も母久子に続き、十八歳で熊本三年坂のメソジスト教会で受洗。のち四国の今治《いまばり》で伝道。同志社に再入学後、東京で兄の民友社を手伝う。九八年に『不如帰《ほととぎす》』で一躍人気作家となる。代表作に『思出の記』、『自然と人生』、『富士』など。葬儀はキリスト教式で行われた。

背景と解説

蘆花はある日横浜で、十九世紀英国の作家チャールズ・ディケンズの長編小説『デイヴィッド・コパーフィールドの履歴と冒険と経験と観察』を買った。読みながら笑ったり、涙ぐんだりしたこの作品は、主人公がロンドンへ出て、苦労に苦労を重ねて作家になるまでの自伝的要素の濃い作品である。一九〇〇年から翌年にかけて『国民新聞』に連載され、一九〇一年に出版された『思出の記』は、これがヒントになった。主人公が地方から上京してキリスト教と出会い、その後、伝道、学問、友情、恋愛を通して多くの人々の人情に触れて、一歩一歩階段を昇っていく立志伝で、読者に夢と希望を与えたすばらしい教養小説といえるだろう。

◆本文＝あらすじ

小玉晃一

僕で始まるこの小説の主人公は九州の片田舎に住む十一歳の菊池慎太郎である。この年に家は没落し、父は亡くなり、母に父の墓前で菊池家再興を誓わせられる。野田伯父に中西先生の西山塾《せいざんじゅく》という人格教育を兼ねた漢学塾へ行かされる。ここで友人となった松村清麿《せいま》の家へ招かれ、八歳ぐらいの彼の妹のお敏ちゃんこと敏子《としこ》と出会う。この松村とは終生の友情が続くが、愛くるしかったお敏ちゃんが、のちに慎太郎夫人となる。

やがて、松村はクラーク先生の遺訓がある札幌農学校へ行き、西山塾の閉塾により慎太郎は私塾育英学舎に移る。ここで生涯の師となる駒井哲太郎先生に指導され、英学中心の学問に変わる。

駒井先生が去ると育英学舎は活気がなくなり、松村からの上京のすすめもあり、わずかの金をもって出奔した。明治十六年十二月二十三日のことで、家を出てから四年半が経っていた。別府へ行く途中、だまされて金をとられ、本を売ってとにかくちょっとでも東京に近づくために四国の宇和島までたどりつく。雪の夜道で空腹と寒さで気を失っていたのを救ってくれたのは嫌われ者の質屋の西内平三郎で、この店で慎太郎は小僧として働くことになる。町へ出ると英語が通じないで困っている西洋人がいて、片言の英語で助けた。これを見ていた地元の名士兼頭《けんとう》一道《いちどう》から夜学の英語の先生を頼まれ、昼は小僧、夜は英語の先生という奇妙な生活が続く。

ある日、兼頭から東京へ遊学していた息子、道太郎《みちたろう》を紹介される。彼はクリスチャンであった。慎太郎は宗教をもたず、まして耶蘇教《やそきょう》などバカにしており、二人の間で激しい議論が続いていくが、松山の教会へ連れていかれ、紹介された志津《しづ》牧師に神戸の関西学院を勧められ、受験することになる。苦手な英会話の面接試験で、試験官は図らずも宇和島の宣教師キルキー・ブラオンで、無事合格。

夏期休暇に宣教師と比叡山に行き、大阪の梅花女学校で学んでいる道太郎の許嫁《いいなずけ》のお冬に会う。ここで久しぶりに会った道太郎はまた信仰の話をするが、散歩に出たとき夕立に会い、落雷で命をおとす。慎太郎の信仰はまだはっきりしなかったが、道太郎の祈りが神に届いたのか、慎太郎は神の招きの声を聞いたのだった。信仰告白をして洗礼を受け、伝道師になる決意をする。母への伝道も考え、夏期伝道のため岡山の教会へ行ったが、それは若気の至りで失敗であった。

慎太郎は「文学に向いている」と言った関西学院の菅《かん》先生は、宣教師と対立して東京へ去り、正義感から先生の味方をして立場が悪くなった慎太郎も嫌気が差して上京した。明治二十年一月二十七日に新橋に着いた。故郷を出てから、八年余も経っていた。

帝国大学入学の準備をしながら『平民新聞』の配達のアルバイトをしたが、その社主にあの駒井先生がなり、慎太郎は先生の秘書兼寄稿者に出世した。このころは聖書を夢中で読み、母親も洗礼を受けた。そして大学に入学し、英文学を専攻。

ひと夏を湘南の鵠沼《くげぬま》海岸の松村一家のそばで過ごしたが、ある晩、彼らを訪ねたとき、たまたまお敏さん一人しかいなかった。お敏さんも東京で勉強していたのだが、縁側に座った慎太郎は混乱して口がきけない。お敏も同様。二人は明治の恋愛ここに極まれりの会話を交わす。夏の夕べのひとときで、お互いの心がはっきりわかった二人は志津牧師の司式で結婚した。慎太郎は帝国大学を卒業し、早稲田の専門学校の英文学の講師となり、執筆活動も続けることになった。母の同居によってクリスチャン・ホームが誕生するが、その母はいずれ孫ができると、孫の世話と婦人矯風会の手伝いもするに至った。

国木田独歩

牛肉と馬鈴薯

ぎゅうにくとばれいしょ

理想と現実の間を揺れる四人の若者。北海道に魅せられて、クリスチャン詩人上村の開拓の奮闘が始まるが、その夢は破れる。

作者略歴

国木田独歩（くにきだ　どっぽ）
（一八七一〜一九〇八）
小説家。千葉県銚子生まれ。本名亀吉、のちに哲夫と改名。父の転勤で中国地方を転々とし、山口中学校を経て、東京専門学校（現・早稲田大学）中退。九一年に麹町の一番町教会（現・富士見町教会）で、植村正久牧師から受洗。代表作に『武蔵野』『運命』『欺かざるの記』（日記）など。伝道師を志したこともあるが、信仰は徐々にうすれる。しかし死にのぞみ、植村に会いたがる。

背景と解説

『あの時分』には独歩がはじめて教会に出席したときのエキゾチックな雰囲気に憧れ、かつ驚いたことが書かれている。一年弱教師をしていた大分県佐伯では、周囲の素晴らしい自然に驚き、そこの小さな教会を中心とした牧歌的な生活を楽しんだ。一生を通じて十九世紀英国の詩人で自然をうたったウィリアム・ワーズワース、〈誠実さ〉をとなえた思想家トマス・カーライルの影響が強かった。『牛肉と馬鈴薯』（一九〇一年）には以上の点に加え、〈哀音悲調〉が基調となっている。そして、自然をはじめとして宇宙の不思議に〈驚く〉ことが独歩の最大の願いであった。なお、岡本の生き方・考え方はほぼ独歩がモデルと考えられる。

◆本文＝あらすじ

小玉晃一

明治のある年の冬の夜、東京は芝の明治倶楽部《くらぶ》では夜おそくまで燈火《あかり》がついていた。二階では、教養あるとみえる三十代の紳士六人が集まって、ウイスキーを飲みながら人生論をたたかわせていた。

いつの時代でも若者にとっては理想と現実（作中では「実際」）は永遠のテーマである。彼らは、北海道の広大な大自然と自由を夢見ていたので、理想派を馬鈴薯《じゃがいも》党、実際派を牛肉党と呼んでいた。竹内、松木、井山の三人は理想派、綿貫《わたぬき》は権利・義務で生きている実際派。四人はこの作品では脇役である。

北海道炭鉱会社に勤める上村《かみむら》の演説中に、岡本誠夫《せいふ》が理想派の竹内に案内されてやってくる。上村はクリスチャンで詩人、理想派に属していたが、ビフテキに馬鈴薯が付いてくるように、理想は現実の附属物であると考えるようになった。つまり理想と実際は一致しないことを知り、実際派に移った顚末を語る。

上村は十三年前の二十二歳のとき、京都の同志社を卒業したアーメンで、「大々的馬鈴薯党」。北海道に憧れ、清教徒《ピュリタン》として任じていた。彼の夢は広大な北海道の自由な天地へ行き、石狩川のほとりで森を開き、林を倒し、小豆を撒《ま》き、馬鈴薯を作り、ニューイングランド（米国の北東部）植民地時代の家を建てることであった。そして彼の話がかの地の〈冬〉にふれると、岡本が〈フユ〉という音《おん》にかぶれたのではないかと茶々を入れる。上村は熱心なアーメンだから、クリスマスといえば〈冬〉、冬といえば雪、彼は北海道の冬というよりも冬イコール北海道と考えていた。だから冬の北海道はたまらない魅力なのだ。

上村は遂に北海道に十万坪の土地を得て、夢の実現にかかる。その労働は実に困難だった。話し相手もおらず、米も少ない、馬鈴薯ばかり、そして冷たい風が吹き込む掘立小屋住まい。馬鈴薯より牛肉、自然と戦うより、世間と戦う方がよい、理想は空想だ、つまるところ痴人の夢、と言って友人は去ってしまい、上村も三か月ほどで敗退した。自分は実際主義に転じ、金をかせぎ、腹が減ったら美味《うま》いものを喰い、ストーヴにあたりながら酒を飲み、勝手なことをしゃべっていた方がよい。

近藤はこれに対して「君は変節者だ。主義で馬鈴薯を食べたのだ。僕はどっちでもいい。最初から牛肉を食べる。好きだから食べるのさ」と批判する。

理想派の岡本は、自分はいまは肉とか芋とかは問題ではなくなった、もっとべつのものを願っている、と言う。実は岡本は上村と同じようなことをするのが夢だったのだが、女に捨てられたために、その夢が実現できなかったのである。その女性とは相思相愛だったが、娘の母親によく思われず、娘にも厭世《えんせい》的なところがあったので自殺してしまった。

さらに近藤は、君は女に捨てられたから北海道に行く前に変節したのだろう、自分は岡本君のためにその恋人の死を喜びたい、彼女の死がなければ、岡本君の結果は悲惨なものだっただろうと言う。

そこで突如、岡本の女性観がはじまる。女は馬鈴薯主義では生きていけない。本来のビフテキ党だ、女は芋が好きだなんて嘘だ、と。岡本はさらに続ける。ところで僕の願いとは、基督や釈迦や孔子のようになれなくともよい、信仰がなくてはいっときも安心していられないほどこの宇宙人生の神秘に悩まされること、つまり驚異の念でこの宇宙を仰ぎみることなのだ。だから主義なんて、どうでもよい。山林の自由な生活に〈びっくり〉し、不思議な天地のあらゆるものに〈驚き〉たいのだ。

でもただ願うだけだろう、と岡本は自嘲的に言う。綿貫は「ただ言うだけか、物好きだね」と茶化し、皆は笑う。岡本も笑うが、その顔にはなんとも言えない苦痛の色があった。

正宗白鳥

何処へ

どこへ

父親から将来への過度の期待をかけられて悩む青年健次。行く先を定められずに懊悩するが、行く先を知らずして出立する。

◆作者略歴

正宗白鳥（まさむね　はくちょう）

（一八七九〜一九六二）

小説家・評論家・戯曲家。岡山県生まれ。本名正宗忠夫。『国民之友』（徳富蘇峰が主筆となって当時創刊された総合雑誌）でキリスト教を知る。東京専門学校（現・早稲田大学）入学のため上京、このころ内村鑑三の著作を耽読。十八歳で植村正久より受洗、二十二歳でキリスト教から離れた。臨終の際、祈禱に「アーメン」と唱和したと報じられ、〈信仰復帰〉をめぐって議論になる。葬儀は柏木教会で行われた。代表作に『今年の秋』など。

◆背景と解説

一九〇八（明治四十一）年一月から四月まで『早稲田文学』に連載。この小説で、当時、読売新聞記者だった白鳥は自然主義作家としての地位を確立する。主人公には、立身出世を期待する親世代などとの間に意識のずれを抱く、日露戦争後の社会風潮の一面を表す青年像と、恋愛にも結婚にも仕事にも酔えず、これから先どう生きていけばいいのかわからない、ニヒリズムに取り憑《つ》かれた人間像とが重ねられているとされる。また、救世軍の路傍伝道者に憧憬を抱く主人公は、キリスト教を離れてもなお、信ずべき対象を求め続ける白鳥の魂の表れともいえる。

本文＝あらすじ

佐藤ゆかり

菅沼健次は二十七歳、大学卒業後中学教師になったが、毎日が同じことの繰り返しに思えて三ヵ月で辞職、雑誌記者をしている。友人の織田常吉は、英語の教師をしながら翻訳のアルバイトをし、家計と家族の健康とを気にする生活を、また、友人の箕浦は勉学に励む生活を、それぞれ送っている。

健次の父親は五十五歳、会計検査院に勤務している。菅沼家が旗下《はたもと》の家柄だったことを誇り、祖先の武勇伝を語るのを喜びとしている。幼少時の健次は、自分の身体の弱さに劣等感を抱いていたが、勉強に励むうちにそれは払拭され、菅沼家と縁故ある桂田家当主の文学博士の援助を受けて、文科大学で英文学を学ぶ機会を得た。ところが、大学三年のある日突然、読書で一生を終わる人生は下らないと思い、以来遊びに興し、最近では阿片を呑《の》みたいと、現実逃避の言葉を口にする。

健次の母親は、父親が何時《いつ》までも働けない上に、妹二人にお金がいると語り、健次に一家の大黒柱になるよう説得するが、健次は虚しさを感じるだけの日々を過ごす。

ある日、健次は母親に下宿したいと言うが、母親は余計なお金が掛かると反対、健次は納得できないまま、今でも世話になっている千駄木の桂田博士の家に行く。博士は、健次に勉強しているかと聞くが、健次は勉強も仕事ももう飽きたと答える。すると、博士は真面目でないと叱責、しかもそれを現在の嘆かわしい風潮によるものとする。健次は、桂田博士の一心に書物に向き合う一生をうらやましくも不思議に思い、部屋を出る。

そこを博士の奥さんに呼び止められ、将来について質問される。「何も考えていない」と答えると、奥さんは健次を「自分の子と思って支援したい」と言う。健次は、それは奥さんが淋しいからだと言い、「結婚しろ、真面目になれ、勉強しろ」という周囲の圧力から逃れるため、下宿するつもりだと話す。

ある日、原稿の件で織田の家に寄った健次は、織田と一緒に九段坂方面へ向かう。織田が自分の妹を健次と結婚させたいと言ってきたが、健次は余計なお世話としかとらえられない。途中、人だかりを見つけ、のぞいてみると、救世軍の青年が演説をしていた。笑われても、小石が飛んできてもひるまない青年の姿とその語る言葉に、健次は二十分も立ち止まって耳を傾けた。信念を持って生きている青年に憧れを抱き、自分もそうなりたいと願う。しかし、本屋に立ち寄り、自分を刺激してくれるものはないか探すが、簡単には見つからない。さらには、結婚もこの孤独感、虚無感から解放してくれるものではないという思いに沈む。

休日の朝、父親は新聞記事を発端に最近の青年の風潮を嘆くが、息子は菅沼家の宝であり、軟弱者ではない、今に大物になると信じていると家族に語る。しかし、健次はその言葉を不快に思うだけで、何をするにも意味を見出せない倦怠《けんたい》感の中にあり、毎日が単調としか思えない。ますます自分が何処へ行くのかわからなくなり、根岸の実家を出て、月島の或る下宿屋に住もうと決意する。

翌日、健次は、招待された桂田家の小園遊会で、博士の甥で軍人の久保田に会うが、彼が語る愛国の精神も、また、女性や恋愛に対してもっと真面目に意味を考えるよう忠告する箕浦の言葉も、聞く気になれない。

老いていく父親は、相変わらず健次に過度な期待を持ち続け、健次はそれを鬱陶《うっとう》しく思い、外出する。だが、行き場所に迷い、結局織田の住んでいる麹町へ向かう。そこでも健次は、織田と箕浦とが、確実にそれぞれの道を歩み始めていると思ったため、疎外感を抱き、織田の家を飛び出す。そして、再び何処に行こうか迷った末、遂に千駄木に向かった。

島崎藤村

桜の実の熟する時

さくらのみのじゅくするとき

信仰と非信仰の狭間で揺れ動く青年が、英語と英文学の教師として教え子との恋に悩むが、教会を退会し漂泊の旅に出る。

◆作者略歴

島崎藤村（しまざき　とうそん）
（一八七二〜一九四三）
長野県馬籠《まごめ》村に生まれる。一八八七年、明治学院普通部本科に入学。翌年、高輪台町教会（現・高輪教会）で受洗。明治女学校で教師を務めるが、教え子の佐藤輔子《すけこ》との恋愛問題に悩み、退職。教会も退会。一八九六年、東北学院の教師として赴任。詩集『若菜集』『一葉舟』『落梅集』を刊行し、小説に転じる。妻の姪と関係を結んだことに苦悩し、逃げるように渡仏。帰国後は作家活動に専念。代表作に『破戒』『春』『新生』『夜明け前』など。

◆背景と解説

十九歳から二十二歳の多感な時期を描いた自伝的青春小説。実在の人物、木村熊二、巌本善治、北村透谷、戸川秋骨、馬場孤蝶、佐藤輔子らが、名前を変えて登場する。初稿は、『文章世界』（一九一三年）に発表されたが、渡仏のため中断。改稿は同雑誌（一九一四〜一八年）に断続的に掲載され、全十二章のうち第六章以下は帰国してから完成。単行本は一九一九年、春陽堂から刊行された。この小説においては、主人公・岸本捨吉の青春の懊悩《おうのう》と信仰の葛藤が丁寧に描かれ、明治期の文学者のたどった精神的道程を知るうえでも貴重である。

◆本文＝あらすじ

柴崎　聰

岸本捨吉と同信の繁子との親しい仲は一年ほど続いて、終わっていた。捨吉は、高輪にあるキリスト教主義の学校に入り寄宿舎に暮らし、学校近くの浅見先生の教会に籍を置いていた。しかし、教会で目に映るものすべては、空虚なものになってしまった。学校での朝の礼拝にも興味を失い、首席を通していた学校の成績も下がり始めた。

暑中休暇が始まった。東京には、捨吉の生活を支えてくれる田辺の小父《おじ》さんがいた。そこのお婆《ばあ》さんは捨吉の学校が耶蘇《やそ》であることが気にいらない。田辺の家に行っても気持ちは落ち着かなかったが、そこに出入りする人々の中で「哲学者」と綽名《あだな》された、浸礼教会（バプテスト派の教会）に所属していた真勢《ませ》さんが特に好きだった。

そのころ、キリスト教青年会主催の夏期学校が捨吉の学校で始まろうとしていた。日本の最高の知識を網羅した講演が組まれた三週間の夏期学校だった。捨吉も友人の菅《すげ》とともに参加した。その間、捨吉と菅は文学の話を通して友情を深めた。

改めて田辺の家にいる時の幸福の味気なさを思い知った。捨吉は、「一切のものを捨てて、自分の行くべき道を探せ」という内なる声を聞いた。自分の殻を脱ぎ捨てるために、今まで抄訳してきたイギリスの詩人や文学者の評伝の原稿をすべて焼き捨てた。

田辺の家の二階に住むことになった玉木夫妻も熱心なキリスト教徒だったが、真勢と違って、捨吉を落ち着かせなかった。彼らは築地の浸礼教会に属し、伝道者として立とうとしていた。お婆さんは相変わらず耶蘇嫌いだった。捨吉は双方の緊張の狭間《はざま》にいた。

もう一人の友人、足立《あだち》も寄宿生活をしていた。菅も加わって、ダンテの『神曲』（英訳本）を読んだりした。捨吉は思う、「神は何ゆえにこのような不思議な世界を造ったのか。あるものを美しくし、あるものを醜くしたのか。何ゆえに平和であるべき神の教会にまで、果てしない争いを与えたのか」と。

捨吉は寄宿舎の自室で、新約全書（新約聖書）に額《ひたい》を押し当てて、「小さき僕《しもべ》」への導きを祈った。学業にも身を入れ始め、特に英語の専修に力を注いだ。菅は、哲学者らしい落着きを持った青年になり、ごく自然なキリスト教徒の信仰を持ち続け、足立は、未信者で押し通した。四年間の学びは、捨吉を変えた。濃い憂鬱《ゆううつ》がやってきた。洗礼を受けた教会からも、浅見先生の旧宅からも、四年間の記憶の土地からも離れようとした。

そして、田辺の小父さんが開いた横浜の伊勢崎屋という雑貨店で働くことになる。番頭として、真勢さんもやってきた。多忙な日々に、心は死んだかのようだったが、『ハムレット』に出てくるオフェリヤの歌を口ずさんだり、テインの『英文学史』を帳場の机の下に潜ませて読んだりした。生存の不思議さを感じさせてくれる感動に飢えていたのである。

捨吉は自分に不似合な店奉公から離れて、生きていくことを考え始める。名高い雑誌の主筆でキリスト教徒である先輩の吉本からの返信が届き、店を捨吉に任せようとしていた小父さんの願いを丁重に断わって、吉本を訪ねた。そこで翻訳の仕事をもらったが、彼を温かく恵むような光はまだ見出せなかった。

やがて麹町の女子学校で英語と英文学を教えることになる。その学校の勝子という生徒への思いが募ってきたが、捨吉は教師であり、勝子は生徒である。眠れない夜が続いた。

捨吉は芭蕉の『奥の細道』の一節「古人も多く旅に死せるあり」に目をとめる。切ない恋を断ち切るために、所属教会に退会届けを出し、教会を離れることにする。友人たちのあつい祈りに送られて、東海道を徒歩で西に向かった。青春の漂泊の旅は、ようやく踏み出されようとしていた。

夏目漱石

こころ

敬愛する先生はどこか影を持った人柄だったが、やがてその先生から一通の手紙を託され、親友Kの自殺の秘密を知る。

作者略歴

夏目漱石（なつめ　そうせき）
（一八六七～一九一六）
江戸牛込（現・東京都新宿区）に生まれる。本名金之助。二歳で塩原昌之助の養子となるが、九歳で再び夏目家に引き取られた。東大大学院の英文科を終え、松山、熊本で教員生活を送ったのち、ロンドンに留学。帰国後『吾輩は猫である』を発表して、作家に転じ、近代化に直面した知識人の苦悩を、罪と愛をめぐって掘り下げた。

背景と解説

初出は『朝日新聞』、一九一四年四月二十日から、八月十一日まで連載された。前作『行人《こうじん》』で、自らを神とする典型的な近代知識人一郎が、前途には、死か発狂か宗教かしかない、との悲痛な認識を持つに至る姿を描いた。「自由と独立と己れ」に満ちたはずの近代人が、同時に、孤独と狂気に蝕まれる運命にも陥っていたことを『行人』を通して世に告げた漱石は、明治の終焉と乃木大将殉死に激しく動かされた。そして、愛とエゴイズムの相克に、罪の事実を直視し、究極の自己否定としての自殺を、「先生」に遂行させ、新時代への再生を願った。

◆本文＝あらすじ

奥野政元

【上　先生と私】鎌倉で、初めて先生と知り合った私は、惹かれるまま、東京の先生の自宅にも訪れるようになった。世間との交渉も断ったように、ひっそりと暮らす先生には、どこか淋しい影があった。月に一度、雑司ヶ谷にある友人の墓地に参ること、子供でもあると好いんですがと、奥さんが語ると、子供はできっこない、天罰だからといって高く笑ったこと、あるいは、恋愛は罪悪で、しかも神聖なものですよという先生に、とまどいながらも、若い私は、先生に近づきたいという強い感じもあった。

いつも不得要領に終わる、謎のような先生の言動に、ある時私は、隠さずに事実を言って欲しいと迫ると、先生は驚きながらも、私が本当に真面目なのを確かめ、自分は死ぬ前にたった一人でも「他《ひと》」を信用したい、あなたはそのたった一人になってくれますか、と言っていつか語ることを約束する。論文審査も無事合格して卒業した私は、先生に祝われて、九月の再会を約して郷里に帰る。

【中　両親と私】かねてから腎臓を病んでいた父は、明治天皇の病気が伝えられて以後、一層衰えが目立つようになった。ついに天皇の崩御を伝える新聞を手にした父は、悲しみに沈んだ。自分は、九月になって東京に出ようとしたが、その直前、父はまた倒れたので、兄と妹に連絡し、東京行きを延期した。

やがて乃木大将殉死の報が伝えられ、先生からも会いたいとの電報が来るが、父の危篤状態が進み、私は動けないと電報を打つ。駆けつけた家族と父を看取っている最中に、先生からの重たい封書が届く。「もうこの世には居ない」という手紙の最後のほうの一文を目にした私は、家を飛び出し、東京行きの列車に乗って、車中で長い手紙を読む。

【下　先生と遺書】私（先生）は、約束通り、あなたに過去を語ろうと思い、電報を打ちましたが、果たせなかったので、この手紙で暗い人世《じんせい》の影を、遠慮なくあなたの頭の上に投げかけてあげます。私の暗いというのは、固《もと》より倫理的に暗いのです。

父母に早く死に別れた私は、叔父に欺かれて財産の大半を失い、人間不信と厭世観にまみれて、故郷を捨てました。上京後、小石川にある軍人の未亡人の家に、下宿することにしましたが、そこに美しいお嬢さんがいました。暖かい家庭に包まれ、自分の心も、お嬢さんに惹かれるようになりました。そして自分の過去も、打ち明けるようになりましたが、一方では、それを奥さんの策略と、警戒する猜疑心《さいぎしん》も兆していました。

そのようなときに、同郷の友人Kが、自らの道をかたく志そうとして、養家を欺いたため、追い出されて経済的苦境に陥っていたのを、奥さんの反対を押し切って、同居させました。これが私の運命を決定づける事になったのです。すべてを犠牲にする激しい精進の道を、歩もうとしていたKは、やがてお嬢さんへの愛を、私に打ち明けました。

Kとお嬢さんの様子に、不安を感じていた私は、日頃の精進との矛盾を問い、覚悟はあるのかと尋ねると、ない事もないと、Kは答えました。その覚悟を誤解した私は、K

を出し抜いて、奥さんに結婚の許しを求めました。それを奥さんから聞いたKは、何も話さずに自殺しました。

以来、忽然と冷たくなった友人の暗示する、どうすることもできない運命の恐ろしさに、罪の烙印を押されたように、動けなくなりました。大学を卒業した私は、お嬢さんと結婚しましたが、それがかえって、Kと私を離さないようにするのです。妻は何も知りませんが、私に罪の思いは消えず、自殺も考え続けて生きてきました。そして今、乃木大将の殉死を聞いて、私も「明治の精神」に殉死する決意をしたのです。

倉田百三

出家とその弟子

しゅっけとそのでし

親鸞たちに宿を乞われて拒絶した日野左衛門だが、一行を迎え入れ仏の愛を知る。息子たちの後日と親鸞の最期。

作者略歴

倉田百三（くらた　ひゃくぞう）

（一八九一〜一九四三）

広島県庄原村（現・庄原市）生まれ。三次中学校を経て一九一〇年、第一高等学校に入学。三年後、結核にかかり同校退学。療養中、家の宗教である真宗関係の仏教書に親しむとともに、日本アライアンス庄原教会に通い、聖書をはじめ中世のキリスト教書を愛読、戯曲『出家とその弟子』を執筆した。ほかに著書として、『愛と認識との出発』（一九二一年）、『希臘《ギリシャ》主義と基督教主義との調和の道』（一九二五年）など。

背景と解説

『出家とその弟子』は一九一六年、わずか半年の間に二人の姉と祖母との三人の近親者の死を迎えた悲しみのなかで一気に書き上げられた。岩波書店から翌年に刊行されるやベストセラーになり、賀川豊彦の『死線を越えて』、既存の宗教宗派に属さない宗教家、西田天香の『懺悔の生活』とともに、宗教時代をもたらす。ロマン・ロランは本書を英訳で読み、キリスト教と仏教すなわちユリの花とハスの花との調和を見出し激賛した。作中の親鸞《しんらん》の弟子、唯円の著述とされる『歎異抄《たんにしょう》』にもとづきながら、隣人の愛、罪の償い、祈りなどキリスト教思想により潤色され、近代人にとり宗教とは何かを追求した代表的作品である。

◆本文＝あらすじ

鈴木範久

［第一幕］大雪の日の日野左衛門の家。妻と息子の松若（十一歳）が居る。浪人となり常陸《ひたち》の国に流れ住むようになった左衛門は、わずかな田畑の耕作と狩猟とにより細々と生活を立てていた。貧乏暮らしと好まぬ殺生を重ねているうちに、左衛門の性格はしだいに荒んでいった。

その左衛門の家を、旅の途中、日が暮れたうえ吹雪で難渋した親鸞と弟子二人の一行が訪れ、一夜の宿を乞う。しかし、坊主嫌いの左衛門は、親鸞たちを杖で叩いて追い払ってしまった。叩き出された一行は、戸外で石を枕に休む。夢でうなされた左衛門は、先刻のひどい仕打ちを後悔、屋内に迎え入れた。悪行をわびる左衛門に向かって親鸞は、みずからがもっと極悪人であること、その極悪人でさえも仏の愛により救われると説く。

隣人の愛で人を愛するようにと告げて去る。

［第二幕］雪の日から十四年後の京都の寺院。左衛門の息子松若は、今は親鸞（七十五歳）の弟子となり唯円《ゆいえん》（二十五歳）を名乗って師につかえていた。ある日、唯円は親鸞に向かって恋について質問、師からは、浄土門の教えは決して恋を否定するものではない、「ただまじめに一すじにやれ」と諭される。

［第三幕］京都木屋町《きやちょう》のお茶屋では親鸞の息子善鸞《ぜんらん》が浅香《あさか》をはじめ遊女たちと遊んでいる。関東に居住する善鸞は、人妻を愛したあげく女を死に至らしめたことにより、父親鸞から勘当の身となっていた。善鸞に呼ばれてお茶屋を訪れた唯円は、父に面会に来ても許されぬ善鸞の苦悩を理解、寺に帰ると親鸞に善鸞の勘当を解くようにと頼む。自分の子ゆえにかえって厳しい親鸞に対して、唯円は、子としてでなく隣人として接することを願う。

［第四幕］京都の黒谷《くろだに》の墓地のなかを、唯円は年若い遊女のかえでとひそかに会ってい

る。かえでは、遊女という身の自分を、はじめて人間として愛した唯円を慕う。かえでが住まいに戻ると女主人に密会を感づかれ厳しく叱られた。そのかえでを、先輩の浅香がやさしく慰める。かえでと浅香は、それぞれ唯円と善鸞との現実にはかなわぬ恋を語り合う。

［第五幕］木屋町から寺に帰った唯円は、先輩の僧侶たちから、かえでとの逢引と修業に対する怠慢を咎《とが》められる。遊女にだまされているとまで言われた唯円は、かえでとは真剣な関係で夫婦約束をもかわした仲と言い切る。ついに僧侶たちは、唯円の所業を親鸞に訴えた。親鸞は、それは結局自分が悪いのだと答える。その悪い自分に、どうして唯円の罪が裁かれようと言う。その後、唯円を呼び出し、人間の恋の成就も不成就も、すべて、つくり主の計画のなかにあること、「恋が互いの運命を傷《きずつ》けないことはまれなのだ。恋が罪になるのはそのためだ。聖なる恋は恋人を隣人として愛せねばならない」と説く。これに対し唯円は「できません。とても私にはできません」と叫ぶ。親鸞

は、さらに唯円に向かい「祈るほかはない」とたしなめる。

［第六幕］前景から十五年後の親鸞の寺。九十歳に達した親鸞には最期が迫っていた。唯円と、今はその妻となり勝信《しょうしん》を名乗るかえでが病床を見守っている。唯円は親鸞に善鸞の赦しを懇願、ついに親鸞も受け入れる。かねて父の病状を知らせてあったため、善鸞が東国から駆けつける。親鸞の前で自己の罪を悔いる善鸞に対して、親鸞は「その罪は億劫《おっこう》の昔阿弥陀様が先きに償うて下された」と答える。やがて「みな助かっているのじゃ……善い調和した世界じゃ」との言葉を遺してこと切れる。

有島武郎

クララの出家

くららのしゅっけ

聖フランシスコの最初の同伴者として語り継がれることになるクララが、出家して修道者として歩む信仰の物語。

作者略歴

有島武郎（ありしま　たけお）
（一八七八〜一九二三）
札幌農学校時代、級友森本厚吉の影響によってキリスト教信仰に目覚め、内村鑑三の札幌独立基督教会に入会する。留学先のフィラデルフィアでは、フレンド会（クェーカー派）のハヴァフォード大学大学院で修士号を取得。帰国後、志賀直哉や武者小路実篤たちと共に白樺派同人として作家生活を本格化する。代表作は『カインの末裔』、『生まれ出づる悩み』、『或る女』など。晩年、厳格な信仰に対する懐疑から「本能的生活論」を主張した。

背景と解説

一九一七（大正六）年の『太陽』第二三巻第一〇号に掲載された。フランシスコ会の創設者として知られるカトリック修道士フランシスコと、彼に最初に帰依してフランシスコ会女子修道会クララ会の創始者となったクララにまつわる伝説から小説の素材が採られている。アメリカ留学を終えてヨーロッパ旅行をした際に、ローマの北にあるウンブリア地方アッシジを訪れている。一九〇六（明治三十九）年十月二十一日から二泊して、聖フランシスコ聖堂やクララの修道院を見学した。有島武郎はそのときの感動にもとづいて本作品を執筆したと考えられている。

本文＝あらすじ

尾西康充

一二一二年三月十八日、救世主のエルサレム入城を記念する棕櫚《しゅろ》の安息日の朝、十八歳のクララは目を覚ました。四歳下の妹アグネスは同じ床で、姉の胸に寄り添い静かに眠り続けていた。

クララは不思議にも三人の男性の夢をみた。最初の男性はヴィヤ・サン・パオロに住む貴族モントルソリ家のパオロで、彼はフランスから輸入されたと思われる精巧な首飾りを、クララの首に巻こうとして近づいてくる。クララが苦痛に満ちた表情を顔に浮かべながら目を閉じ、パオロの胸に倒れかかろうとすると、光ったものが目の前を通り過ぎ、急に周囲の光景が変わる。

十歳の童女の頃に戻ったクララは、華奢《きゃしゃ》な青年たちを目撃する。その中にベルナルドーネ家のフランシスがいた。華美を極めた晴着の上に定紋を入れた海老茶色のマントを着て、飲み仲間のリーダーであることを示す笏《しゃく》を右手に握ったフランシスは、他の青年たちにまさった無頼の風俗をしていたが、その顔はやせ衰えて凄《すさ》まじいほど青く、目は足元から二、三間先の石畳を穴のあくほど見入ったまま瞬きもしなかった。錠のおりた聖堂の入口に身を投げかけ、犬のように転がりながら悔恨の涙にむせび泣いていた。

そのとき聖堂の戸が開く。クララはいつの間にか十八歳の現在の姿に変わっていた。闇の中から現れたのは、許婚《いいなずけ》オッタヴィアナ・フォルテブラッチョであった。彼はフランシスの襟元をつかんで引き起こそうとすると、フランシスは消え、男の手に残った着物が二つに分かれて、一つはクララの父となり、一つは母となった。クララは彼を尊敬してはいたが、その愛をおとなしく受け入れようとはしなかった。黒土の中に身体が沈んでゆく三人を助けようとして泥の中に足を踏み入れたクララは、天使ガブリエルに胸をつかまれ、「天国に嫁ぐためにお前は浄められるのだ」という声が聞こえたと思う。

ガブリエルは燃える炎の剣をクララの乳房の間から下腹部まで貫き通した。苦悶の中で周囲をみると、十字架にかかったキリストの姿が厳かにみられた。

夢から覚めたクララは聖ルフィノ寺院に出かける。内陣から合唱が聞こえはじめ、座席を持たない平民たちは敷石の上にひざまずいた。棕櫚の安息日の祈りを捧げていると、クララは十六歳の夏に起こったできごとを思い出した。

その夏、裕福な家庭に生まれ放蕩生活に明け暮れていたフランシスが十二人の仲間とローマに出かけた。彼らはキリストを模範にした清貧な生活を送って、寺院で説教することを教皇イノセント三世から認可してもらって帰ってきた。クララが聖堂の座席にいると、裸形のフランシスが入ってきて講壇に登った。「目を上げてみよ」と叫んだフランシスは、祭壇に安置された十字架聖像を恭《うやうや》しく指した。十字架上のキリストは痛ましくも痩せこけた裸形のまま会衆を見下ろしていた。祈禱と断食と労働のためにやつれたフランシスの姿は、霊化した彼の心をそのまま写し出していた。

懺悔《ざんげ》の場で、フランシスはクララに向かって厳かに「神の処女《むすめ》」と語りかけ、「あなたの懺悔は神に達した。神は嘉《よみ》し給うた。アーメン」と言う。長い沈黙の後、フランシスはおののく声をしずめながら、不意に「あなたは私を恋している」とつぶやいた。クララは心中を言い当てられて驚くのだが、フランシスは「私の心もおののく。……私はあなたに値しない。あなたは神に行く前に私に寄道した。……さりながら愛によってつまずいた優しい心を神は許し給うだろう。私の罪もまた許し給うだろう」と告白する。そして神々しい威厳をもって「神の御名によりて命ずる。永遠《とこしえ》に神の清き愛児《まなご》たるべき処女《おとめ》よ。腰に帯して立て」と語った。

棕櫚の安息日の一日が終わって神聖月曜日が来たことを告げる時計の音を夜半に聞くと、クララは屋敷をこっそり抜け出して、教友たちが待つポルチウンクウラに向かう。神に身を捧げる信仰生活に入るために出家したのであった。

芥川龍之介

奉教人の死

ほうきょうにんのし

教会の戸口に生き倒れになっていた少年「ろおれんぞ」の数奇な運命と自己を顧みない他者への深い愛の奇跡物語。

作者略歴

芥川龍之介（あくたがわ　りゅうのすけ）
（一八九二～一九二七）
東京市生まれ。生後、母の病のため、その実家に預けられる。第一高等学校に入学、聖書に親しむ。東大在学中に文学活動を始める。精力的に短篇を中心に執筆し、作家の地位を確立。中国で、健康を損なって帰国。心身の均衡（バランス）を失う。それと共にキリスト教へ最接近するが、自死する。代表作は、『羅生門《らしょうもん》』『鼻』『南京の基督《きりすと》』など。

背景と解説

初出は、『三田文学』（一九一八年九月）。二十篇ほどある「切支丹物《キリシタンモノ》」の中でも最高傑作と評価されている。この小説の語り手（作者）によれば、長崎耶蘇《やそ》会出版の「れげんだ・おうれあ」（黄金の聖人伝）が出典とされているが、これは作者の虚構である。文語（当時の口語）やポルトガル語が混在する文体によって、読者を独得の世界へいざなう。日本文学者の佐藤泰正は、「アガペエを描くに、エロスを以て包んだ」という見解を示している。

本文＝あらすじ

柴崎　聰

その昔、長崎にある「さんた・るちや」という「えけれしや」（教会）に、「ろおれんぞ」というこの国の少年がいた。「ろおれんぞ」は、教会の戸口に行き倒れになっていたところを、伴天連《ばてれん》（神父）や奉教人《ほうきょうにん》（信者）たちに助けられた。故郷はどこかと聞かれると、「天国」と答え、父の名は、「でうす」（天主）と答える。その信心は堅く、伴天連や「いるまん」（修道士）の評判は、高かった。

「ろおれんぞ」は、容貌が清らかで、声も女のように優しかった。特に、この国の修道士「しめおん」は、「ろおれんぞ」を弟のように可愛がった。「しめおん」は、さる大名に仕えた武家の出身であり、力自慢である。二人が仲むつまじく過ごす姿がよく見かけられた。

それから三年ほどが過ぎ、「ろおれんぞ」も元服する年頃となる。しかし、その頃から、怪しげな噂が立ち始める。それは、教会からさほど遠くない所に住む傘張りの翁《おきな》の娘と「ろおれんぞ」が親しくしているというもの。

翁と一緒に教会に参っても、祈りの合間に、娘は「ろおれんぞ」から眼を離さない。やがて、二人は恋文をかわす間柄であるという噂が広まる。さすがに心配した伴天連が優しく「ろおれんぞ」に問いただすと、そのような事実はない、という返事である。

とかくの噂は、いっこうにやむ気配がない。兄弟同様にしていた「しめおん」が尋ねても、「ろおれんぞ」は、そのようなことはいっさいない、と答える。ある時、庭で「ろおれんぞ」あての恋文を拾った「しめおん」は叱責《しっせき》するが、「ろおれんぞ」の答えは同じであった。その後、娘がみごもる。娘は、その相手は「ろおれんぞ」である、と翁に申し開きをしたという。翁は烈火のごとく怒り、伴天連に訴える。「ろおれんぞ」は、教会から追放されることになった。「しめおん」は、裏切られたという腹立たしさから、「ろおれんぞ」の美しい顔を打つ。「ろおれんぞ」は、「しめおん」の仕打ちを許してください、と神に祈った。その後、「ろおれんぞ」は乞食《こつじき》になったが、夜ごと、主に対して熱心な祈りを捧げていた。

「ろおれんぞ」が破門されると間もなく、娘は女の子を産みおとした。傘張りの翁も、さすがに初孫を腕に抱きかかえて可愛がり、修道士の「しめおん」も、「ろおれんぞ」をしのびながら、幼子を愛《いつく》しんだ。

それから一年が過ぎ、ある夜、長崎の町を大火が襲った。傘張りの翁の家も見る間に焔《ほのお》に包まれた。家の者は皆逃げ出したが、女の子の姿が見えない。家に取り残して来たに違いない。火焔《かえん》はますます激しくなり、助けることができない。焔の中へ飛び込もうとするが、「しめおん」ですら、火勢に押されて逃げ出すありさまである。

その時、乞食の姿のままに痩《や》せ細った「ろおれんぞ」が火の中に飛び込み、必死の力で投げた幼子が運よく母の足もとへ落ち、無事に助け出される。翁の口から、「でうす」への感謝の声があがる。「ろおれんぞ」も「しめおん」に助け出される。娘は、女の子の父親は「ろおれんぞ」ではないことを、初めて告白する。

髪は焼け、肌が焦《こ》げた「ろおれんぞ」の最期が近づいている。なんということであろう、火の光を一身に浴びて、「さんた・るちや」教会の門《かど》に横たわった「ろおれんぞ」の胸には、焼け焦げた衣のすきまから、清らかな二つの乳房が、玉のようにあらわれているではないか。

「ろおれんぞ」は女であった。教会の前に並んだ奉教人たちは、誰からともなく、頭《こうべ》を垂れ、「ろおれんぞ」のまわりに跪《ひざまず》いた。娘のものか、「しめおん」のものか、すすり泣く声が聞こえる。

伴天連は、「ろおれんぞ」の上に手を高くかざして、祈りをささげる。「ろおれんぞ」は、安らかなほほえみを唇にとどめたまま、静かに息を引き取った。人の世の尊さは、瞬間の感動に極まる。「ろおれんぞ」の最期を知る者は、「ろおれんぞ」の一生を知る者であろう。

芥川龍之介

南京の基督

なんきんのきりすと

カトリック信徒の金花は生活のために売笑婦をしている。重い病を負ったが、ある日、一人の外国人が訪れ、奇跡が起こる。

作者略歴

芥川龍之介（あくたがわ　りゅうのすけ）

（一八九二〜一九二七）

小説家。東京市京橋区（現・中央区明石町）生まれ。生後八か月ころ母フクが精神を患い、フクの実家芥川家に預けられ、後に養子となる。一高時代から聖書に親しむ。東大英文科在学中、渾身《こんしん》の作『羅生門』を発表したが不評。その後、夏目漱石に出会い刺激を受け、翌春『鼻』で漱石に激賞され、秋には『芋粥』『手巾』で文壇に登場、一躍時代の寵児となり、大正期を代表する作家となる。

背景と解説

一九二〇（大正九）年、『中央公論』発表。芥川は生涯キリスト教にこだわり続けた。『神神の微笑』などの〈切支丹物《キリシタンもの》〉を書き、晩年には再度、深刻に聖書に接近したが、キリスト伝である『西方の人』を絶筆とし自裁した。芥川の行程には真摯に解明するべき問いが内在する。『南京の基督』にも同じことが言える。〈迷信の蒙《もう》〉を啓《ひら》くものか、〈信じることの意味〉を問うものか評価はわかれる。が、芥川が、〈マグダラのマリア〉と見立てた少女金花に託されたものは単純ではない。〈確信ある〉金花の前での〈確信なき〉日本人旅行家の無力さを見逃してはならない。巧妙に描かれた〈留保〉は、芥川のキリスト教への〈留保〉でもある。

本文＝あらすじ

宮坂　覺

　ある秋の夜半の南京の〈売笑婦〉（売春婦）少女金花《きんか》の部屋。彼女は貧しい家計を助ける為に夜々《よなよな》部屋に客を迎えていた。陰鬱な彼女の部屋には、籐《とう》のベッド、卓《テーブル》、古びた椅子のほか装飾らしい家具の類は何一つない。金花は、時々壁にじっと視線を向ける。視線の向こうには、〈稚拙な高々と両腕をひろげた受難の基督〉が浮かぶ小さな真鍮《しんちゅう》の十字架があった。その基督像を見る毎に彼女の目から寂しい色が消えて無邪気な希望の光が甦《よみが》える。

　当年十五歳の金花は容貌は平凡であるが、こんな気立ての優しさの持ち主は二人とこの町にはいまい。それは生来のものでもあったが、亡くなった母に子供の時から教えられたカトリック信仰によるという。嘘もつかなければ、我儘《わがまま》も言わず、〈夜毎に愉快そうな微笑を浮べて〉部屋を訪れる客と戯れている。金花には目的があった。それは、父親に一杯でも余計に好きな酒を飲ませることだった。

金花の部屋に今年の春、若い日本人旅行家が訪問した。当然のこと、話題は壁の十字架に向かう。彼は、覚束《おぼつか》ない支那《しな》語で「お前は耶蘇《やそ》教徒かい」と金花に問う。「ええ、五つの時に洗礼を受けました」。会話は続く。「そうしてこんな商売をしているのかい」「この商売をしなければ、阿父様《おとうさん》も私も餓え死をしてしまいますから」「しかしだね、――しかしこんな稼業をしていたのでは、天国に行かれないと思やしないか」。十字架を眺めながら金花は、「いいえ」と答え、「天国にいらっしゃる基督様は、きっと私の心もちを汲《く》みとって下さると思いますから」と答える。それを聞いた日本人旅行家は反応に窮するのであった。

そんな金花は、一月ばかり前から悪性の楊梅瘡《ようばいそう》（梅毒による皮膚発疹）を病む身になった。仲間たちが色々な処方を教えてくれたが、一向に快方に向かわない。客を取らない日が続き、生活は貧してゆく。ある日仲間の山茶《さんさ》が言う。「あなたの病気は御客から移ったのだから、早く誰かに移し返しておしまいなさいよ」。さらにその療法で治った実例を明かす。

金花はたとえ餓死をしてもそのようなことはできないと思い、どんなに勧められても強情に客を取らない日が続いていた。が、ある夜、見慣れない外国人が金花の部屋を訪れた。金花は男に見覚えがあるような親しみを感じ出した。男の顔が十字架の〈受難の基督〉と生き写しであることを発見した。そして、これが基督様の御顔だったのだと合点する。

その夜、金花は天国の夢を見る。〈受難の基督〉は、大皿の珍味を前に「まあ、お前だけお食べ。それを食べるとお前の病気が、今夜の内によくなるから」と囁《ささや》く。翌朝、金花は一人目覚めると昨夜の外国人はなく、体に起こった奇蹟に気づく。一夜の中に跡方もなく悪性を極めた楊梅瘡が癒やされていたのだ。〈再生の主と言葉を交した、美しいマグダラのマリア〉のように感謝の祈りをする。

翌年の春、再びあの日本人旅行家が金花の部屋を訪れた。金花は奇蹟を話し始めた。聞きながら、彼は独り考えていた。確信はないが、心当たりのある外国人がいる。彼は南京の〈売笑婦〉を一晩買って逃げ、その後悪性な梅毒から「発狂」した。事によるとこの女の病気が伝染したのかもしれない。〈蒙を啓いてやるべきであろうか〉。〈それとも黙って永久に、昔の西洋の伝説のような夢を見させて置くべきだろうか〉と、確信なき彼は迷う。

金花の話が終った時、日本人旅行家は〈わざと熱心さうに〉「そうかい。それは不思議だな。お前は、その後一度も煩わないかい」と〈窮した質問〉をした。「ええ、一度も」と〈暗れ晴れと〉顔を輝かせて何のためらいもなく答えた。彼は、金花の身を焦がすばかりの生《せい》の確信に揺蕩《たゆた》いながら、昨春の訪問の時と同じく、思いを〈留保〉して窮するばかりであった。

長与善郎

青銅の基督

せいどうのきりすと

芸術の高みに至れずに悶々とする南蛮鋳物師が依頼された踏み絵の制作。優れた出来栄えに切支丹ではないかと疑われるが……。

作者略歴

長与善郎（ながよ　よしろう）
（一八八八〜一九六一）
医学者の五男として東京に生まれる。高等科時代、内村鑑三の著作を読み感動し、すでに門下になっていた兄の奨《すす》めて、聖書研究会に一年余熱心に通った。その後、志賀直哉や武者小路実篤らとの交友から『白樺』同人になり、人道主義の影響を受け、内村のもとを去るが、絶対的存在への畏敬を失うことはなく、聖書への関心は衰えなかった。東京大学を中退し、創作への道に進む。作品に『わが心の遍歴』『切支丹《キリシタン》屋敷』などがある。

背景と解説

この小説は、雑誌『改造』（一九二三年一月号、改造社）に発表された。一九四二年に改訂され、『名作歴史文学』の一冊として、聖紀書房から刊行された。一九二二年、生地長崎の紹介につとめていた劇作家・美術研究家の永見徳太郎から、南蛮鋳物師・萩原裕佐の物語を聞き、その数奇な運命に感動して、執筆を開始した。副題は、「一名南蛮鋳物師の死」である。切支丹《キリシタン》殉教の悲劇を異国情緒によってではなく、芸術と信仰、愛と情欲、踏絵を考案した転び伴天連《バテレン》フェレラの生身の造形など、縦糸横糸を自在に張りめぐらせて重層的に描く。遠藤周作『沈黙』の先駆けとして、重要な作品である。

本文＝あらすじ

柴崎　聰

切支丹《キリシタン》への苛烈な弾圧が一段落ついたころの話である。長崎の古川町に萩原裕佐《ゆうさ》という南蛮鋳物師がいた。彼には、長崎きっての版画師・富井孫四郎という友人がいた。孫四郎の絵がおもしろいことは否定できないが、芸術という点から言えば、三流以上のものではなかった。しかし、一流とは程遠い自身の仕事を顧みて寂しい思いも禁じえなかった。

彼は、六十になる出戻りの伯母と父の建てた古家に住んでいる。出島《でじま》の妓楼《ぎろう》にいる遊女・君香《きみか》に、時々会いに行っていた。君香が、彼のかつての恋人であった切支丹のモニカと瓜二つであったからである。彼は、君香を身受けしたいと本気で考えていた。

留守中の裕佐を沢野忠庵《さわのちゅうあん》という異人が訪ねてきた。伯母は切支丹か「ばてれん」（司祭）ではないかと心配する。裕佐は町中で、造花を売りにきた藤田吉三郎という青年に呼び止められた。モニカの弟である。裕佐は彼と歩きながら、信仰の高さに心打たれ、自分を汚れた者と感じないわけにはいかなかった。潜伏司祭のルビノ長老も秘かに与《あずか》ることになっている降誕祭《ナタラ》の御祝祭《おいわい》に誘われるが、自分は信者ではないと固辞する。吉三郎は、「人はめいめいその課せられた道によって神に近づくよりない」と言い、その誘いを諦める。

裕佐には、八歳の折、伯父に連れられて十字架刑を見に行った経験があり、その刑に腹の底から軽蔑と憎悪を覚えたことがあった。その後、人が肉体によって生きているのではなく、魂によって生きていることを知った。

彼は成長し、キリスト教に対して誤解を持っていたことを知り、吉三郎の姉モニカに恋をしたのであった。だが、同信でないという理由で失恋し、そして芸術を得た。

町からの帰り道、版画師の孫四郎と偶然に出会い、先夜、裕佐の家を訪ねた沢野は、紙の踏み絵を考案した「転びばてれん」キリシトファ・フェレラであることを知らされる。

君香を訪ねて妓楼ののれんをくぐった裕佐は、初めてフェレラに会い、驚くべき依頼をされる。紙ではなく、青銅の踏み絵を作ってほしいというもの。裕佐は、材料に気持ちが動かない、自分の作品を下駄にしたくないという二つの理由で断わるが、心は揺れていた。自分は一生、これといった仕事もせずに死んでいくことになるのではないかと。

それがきっかけで、彼は降誕祭を一目見たいと思い、降誕祭が行われているという家へ向かいかけると、闇から吉三郎の声がした。二人は密偵者に後をつけられないように、闇の中を走った。漆黒の闇に溶け込むような一軒家で、祭りが持たれていた。あわれみを乞う祈り、降誕を祝う歌。そこで、久しぶりに金の十字架を胸に下げたモニカに会った。

天草からやってきてかくまわれていたルビノ長老の説教が終わった。その時、非常口の扉が開いた。裕佐は、いち早く長老の身を守るためにそのわきに立った。フェレラたちである。長老とフェレラは旧知の間柄だった。フェレラは、長老との遭遇に衝撃を受けて、昏倒した。捕り手は長老を捕縛した。裕佐は、思わず「おれはこの仲間だ！」と口走ってしまうが、闇に逃げた。

裕佐は、生死を賭けて生きている人々を知り、涙があふれた。十字架にふさわしいキリストの姿が心に浮かんだとき、ピエタ（聖母子像）を造る意欲が湧いた。フェレラから再度の依頼があり、引き受ける。ピエタは神々《こうごう》しいまでの傑作になり、裕佐は皮肉にも切支丹を疑われることになる。

三日間で十五名の信者が、その青銅のピエタを踏まなかった。モニカもそうであった。裕佐は、魂のこもった作品を造ったために、無実を叫びながら斬罪に処せられた。二十七歳だった。裕佐は、切支丹ではなかった。一介の南蛮鋳物師にすぎなかった。

小林多喜二

蟹工船

かにこうせん

地獄のような蟹工船は、大日本帝国の縮図と化し、非人間的な現場で期せずして起こったストライキは失敗するが……。

◆作者略歴

小林多喜二（こばやし　たきじ）

（一九〇三～一九三三）

秋田県下川沿村川口（現・大館市）に貧農の次男として出生。四歳のとき、一家は伯父を頼って小樽に移住。伯父の援助で小樽高等商業学校を卒業し、北海道拓殖銀行に勤務。葉山嘉樹などに影響されプロレタリア文学に進む。一九二八年、『一九二八年三月一五日』で注目を浴び、翌年『蟹工船』『不在地主』を発表。解雇され上京したが、治安維持法で逮捕され収監。出獄後、日本共産党に入党し活動したが、再逮捕され即日拷問死した。

◆背景と解説

多喜二は、共産党運動で地下活動のすえ逮捕され拷問死したことで知られ、プロレタリア作家としての悲劇性が流布している。が、彼の周辺には、伯父の長男、母、姉、妹などキリスト教徒や関係者が多くいた。多喜二は、姉や妹たちと教会に通ったこともあり、愛読したと思われる聖書も存在している。キリスト教が思想形成に大きな影響を与え、習作にも明らかな影響を認めることができる。代表作であり近年ブームを生んだ『蟹工船』に流れるヒューマニズムもキリスト教と無関係ではない。因みに、三浦綾子の『母』は、多喜二の母セキがモデルである。

本文＝あらすじ

宮坂　覺

「おい、地獄さ行《え》ぐんだで！」と漁夫が叫ぶ。ボロ蟹工船・博光丸は、基地のある函館からカムサツカ海域へ出港する。蟹工船は、工船（工場船）であるため航海法も工場法の適用もない。船には、十人弱の管理関係者、四百名ほどの季節労働者である漁夫たちが乗船していた。東北地方からの百姓、北海道の入地農民、元坑夫や工夫、東京で集められた学生など雑多な漁夫、水夫、火夫、函館の貧民街の少年雑夫《ざつふ》が乗っていた。博光ならぬ薄倖を負った彼等は、〈自分の土地を「他人」に追い立てられてきたもの〉が多かった。〈糞壺《くそつぼ》〉のような空間に押し込められ、生産性を上げるために過酷な労働を強いられ、抗う者には非人間的なリンチが繰り返された。甲板の上も下も〈地獄〉なのである。

監督である浅川は、博光丸の〈事業〉を国家的事業と力説する。〈日本国内の行き詰った人口問題、食料問題に対して、重大な使命を持っているのだ。こんな事をしゃべったって、お前等には分りもしないだろうが、ともかくだ、日本帝国の大きな使命のために、俺達は命を的に、北海の荒波をつッ切って行くのだということを知ってて貰わにゃならない。だからこそ、あっちへ行っても始終我帝国の軍艦が我々を守っていてくれることになっているのだ〉。人の命は希薄化し、ひたすら会社の利潤を上げる部位に過ぎない。〈北の暗い海で、割れた硝子屑《ガラスくず》のように鋭い波と風に向って、死の戦い〉をしている漁夫たちの暗く辛い現実は、会社には共有されない。

非人間的な日常の中心にいたのは、〈ものを云《い》えるのア会社代表の須田さんとこの俺だ〉と豪語する監督浅川であった。難破する仲間の船も見殺しし、他船の川崎船《かわさきぶね》[1]を略奪する浅川に誰も口も手も出せない。博光丸は彼の帝国であった。彼は、あらゆる場所を見回って〈風邪をひいているものも、病気のものも、かまわず引きずり出した〉。〈一番

(1) 小型の発動機付き漁船

働きの少いもの〉には〈鉄棒を真赤に焼いて、身体にそのまま当てる〉「焼き」が入れられた。

漁夫たちの心には、「浅川の野郎ば、なぐり殺す！」という思いがないわけではなかったが、彼らの仕事以外のつながりは神経質に分断されていた。そして、人を人と思わぬ扱いに、思いが飽和状態になっていく。

そんな時、家族からの手紙や下着、雑誌などを積んだ中積船《なかづみせん》(2)がやってきた。久しぶりの土の匂い、函館の匂いである。それは忘れかけていた〈空気〉であった。船内の過酷な日常を一時切断したこの体験が、彼等に眠っていたものを起こす緩やかな引き金になる。

寝たきりになっていた脚気《かっけ》の漁夫、山田が「カムサツカでは死にたくない」という言葉を残し二十七歳で亡くなった。通夜の席で、一人の漁夫が言う。〈山田君を殺したものの仇《かたき》をとることによって〉〈山田君を慰めてやることが出来るのだ。——この事を、

(2) 遠洋漁業で使用する運搬船で、内地から漁場へ必要物資を運搬し、代わりに漁獲物を積んで内地へ持ち帰る役目の船。

今こそ、山田君の霊に僕等は誓わなければならないと思う〉。

そして、戦略が立てられる。気付かれないように仕事の手を緩め、監督が怒鳴っても口答えせず〈おとなしく〉する。それを一日おきに繰り返すというものだ。自ずとリーダー集団が形成され、漁夫、火夫、水夫の代表が船長室に「要望書」とみんなの誓約書を持って出向くに至る。船長室の外では、示威行動が行われ、参加した三百人は一斉に〈ストライキ万歳〉を叫ぶ。

が、守ってくれていると思っていた駆逐艦から着剣した兵隊が乗り込み、リーダーは連行されストライキは失敗する。当然のごとく、労働状況はさらに過酷さを増す。しかし、誰ともなく、「ん、もう一回だ！」と口にする。〈そして、彼等は、立ち上った。——もう一度！〉そして後に、〈この初めて知った偉大な経験〉を通して、彼等は〈色々な労働の層へ、それぞれ入り込んで行った〉のである。

宮沢賢治

よだかの星

よだかのほし

小鳥たちから仲間はずれになったよだかが、虫たちの命の犠牲なしには生きられないおのれの原罪を知る。

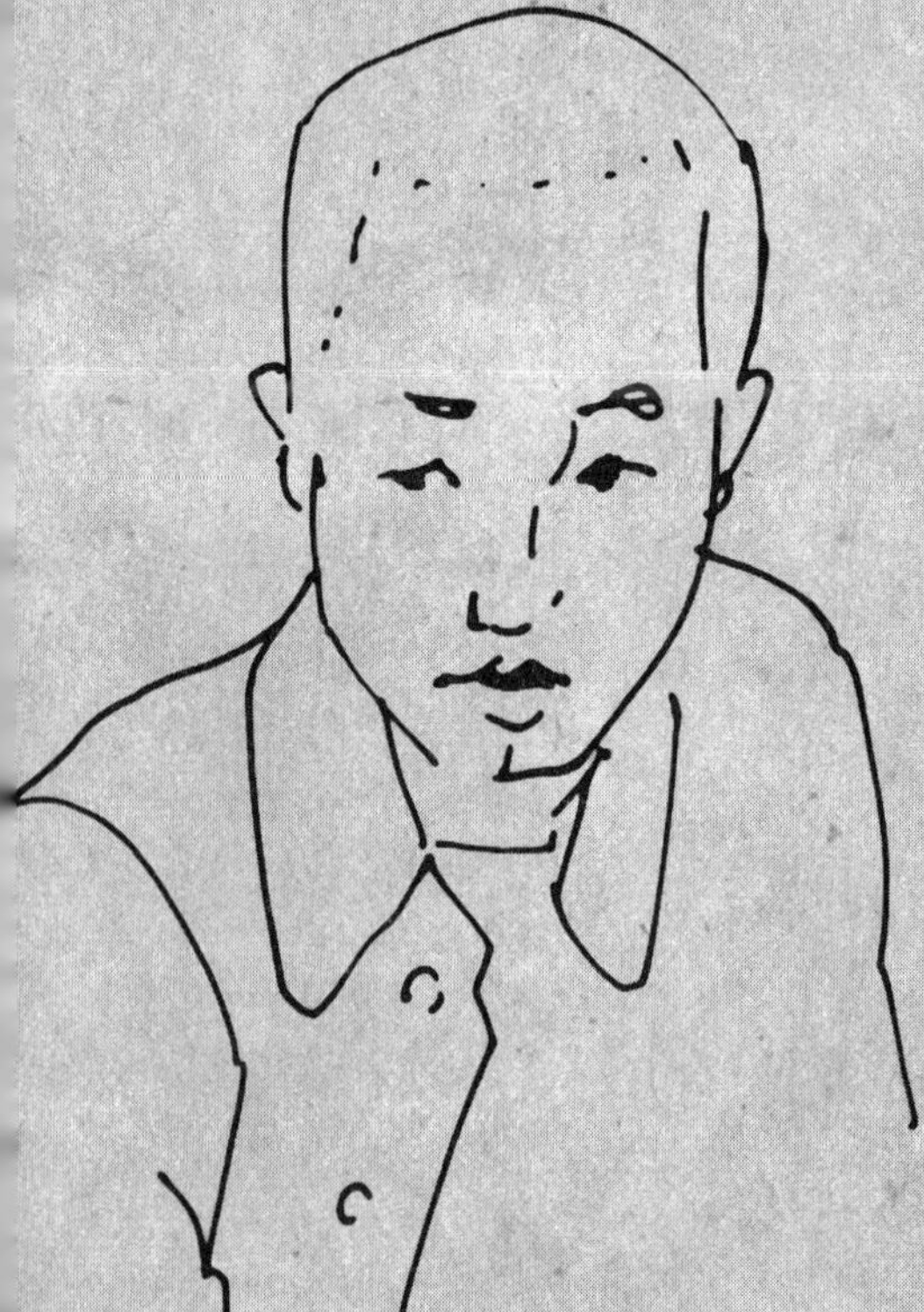

作者略歴

宮沢賢治（みやざわ　けんじ）
（一八九六～一九三三）

岩手県花巻市生まれ。父は花巻有数の資産家で、質屋と古着商を営む。盛岡中学校を経て盛岡高等農林学校卒。学生時代から宗教、特に法華経に心酔したが、キリスト教への関心も高かった。稗貫《ひえぬき》農学校の教師や農民活動、晩年には東北砕石工場の技師をしながら、多くの著作を残した。が、生前刊行されたのは、自費出版の詩集『春と修羅《しゅら》』と童話集『注文の多い料理店』の二冊のみ。その文業が高く評価されるのは、没後のことである。

背景と解説

『よだかの星』は、賢治の代表的童話の一つである。よだかという鳥が、生存との闘いの末に、星となるまでを描く。みにくい存在からの脱出を試みたよだかの物語には、賢治の愛読した聖書が意識されている。これは〈罪〉とのはげしい闘いの物語である。近年賢治と親交のあった、内村鑑三門下の斎藤宗次郎『二荊自叙伝』上下（岩波書店、二〇〇五年）の刊行によって、賢治のキリスト教とのかかわりは、再確認されるようになった。これまでの法華経一点張りの解釈を去り、〈原罪〉という視点を導入するとき、テクストはいっそう輝く。

本文＝あらすじ

関口安義

よだかは「実にみにくい鳥」であった。ほかの鳥は、もう、よだかの顔を見ただけでも、いやになってしまうという。よだかはひばりをはじめとする小鳥たちに馬鹿にされても反抗することもなく、じっと耐える。よだかは「たか」という名を持ちながらも、鋭い爪もくちばしもなく、容貌が醜いばかりか、自分を護《まも》る何の武器も持たない。よだかは力のない弱い存在なのである。では、なぜ、たかという名がついたのか。その理由は、「はねが無暗《むやみ》に強くて、風を切って翔《か》けるときなどは、まるで鷹《たか》のように見えたことと、も一つはなきごえがするどくて、やはりどこか鷹に似ていた為です」と説明される。たかはよだかと違って、外見の姿に威厳があり、鳥の王者にふさわしい。そこでよだかがたかの名を持っているのを嫌がり、ある夕方、たかはよだかの家へやって来て「早く名前をあらためろ」と迫る。よだかは体力ではむろんのこと、知力でもたかにかなわない。たかは「市蔵」と改名しないなら、つかみ殺すとおどす。

追い詰められたよだかは「僕は、なぜこうみんなにいやがられるのだろう」と自問し、巣から飛び出す。雲が意地悪く光って、低くたれている中をよだかはさまよう。そうした中でよだかは、あることに気づく。口を大きく開いて飛ぶことで、まず、「小さな羽虫が幾匹も幾匹も」そののどに入ってくる。次に一匹の甲虫が、のどにはいってもがくが、よだかはそれをすぐ呑《の》み込む。よだかは、「何だかせなかがぞっとしたように」思う。一瞬おいて、また一匹の甲虫がのどにはいり、のどをひっかいてばたばたするのを無理に呑み込んだとき、よだかは「急に胸がどきっとして」大声をあげて泣き出す。

よだかは孤独な生活の中で、自己の罪を自覚する。自分はたかをはじめとする鳥仲間から嫌われ、命さえ狙われている。その一方で、甲虫や羽虫を殺さなければ生きていけないことに気づき、やり切れない思いにとらわれるのであった。よだかは生存のために他者を殺すという、罪からの脱出を試みようとする。

よだかは弟の川せみにあいさつをすませ、巣を飛び立つ。よだかの罪との闘いは、こうしてはじまる。「みじかい夏の夜はもうあけかかって」いる。「よだかは高くきしきしきし」と三度鳴き、闘争宣言をする。「そして巣の中をきちんとかたづけ、きれいにからだの中のはねや毛をそろへて」巣から飛び立つ。よだかは東から昇りはじめている太陽へと突き進む。

よだかは死を覚悟していた。「お日さん、お日さん。どうぞ私をあなたの所へ連れてって下さい。灼《や》けて死んでもかまいません」とよだかは言う。また、「私のようなみにくいからだでも灼けるときには小さなひかりを出すでしょう」とも叫ぶ。だが、よだかのこの願いは、太陽には聞き入れられなかった。太陽は「お前はよだかだな。なるほど、ずいぶんつらかろう」と同情はするが、相手になってくれず、よだかは昼の鳥でないのだから星に頼めと言う。

よだかは絶望のあまり野原の草の上に落ちるが、さらなる試練に立ち向かう。日は沈み、「もうすっかり夜になって、空は青ぐろく、一面の星がまたゝいて」いる。よだかは〈原罪〉を負った自己をいっそう強く意識し、再び空へ飛びあがる。よだかは星々に星になりたいという願いを申し出るが、却下される。が、最後の力を振り絞って、再び空へ飛び上がる。

「私のようなみにくいからだでも灼けるときには小さなひかりを出すでしょう」とのよだかの願いは、ついに達せられる。よだかはもう落ちているのか、昇っているのかもわからない。羽はすっかりしびれてしまう。気づいたときには、自分のからだがいま青い美しい光になって、静かに燃えているのを見る。すぐ隣は、カシオピア座であった。よだかの星は、以後いつまでも燃え続ける。今でもまだ燃えている。

北條民雄

いのちの初夜

いのちのしょや

「癩者」になりきって生きることを決心するまで、病院入所の絶望から希望への最初の一夜を綴るいのちの軌跡。

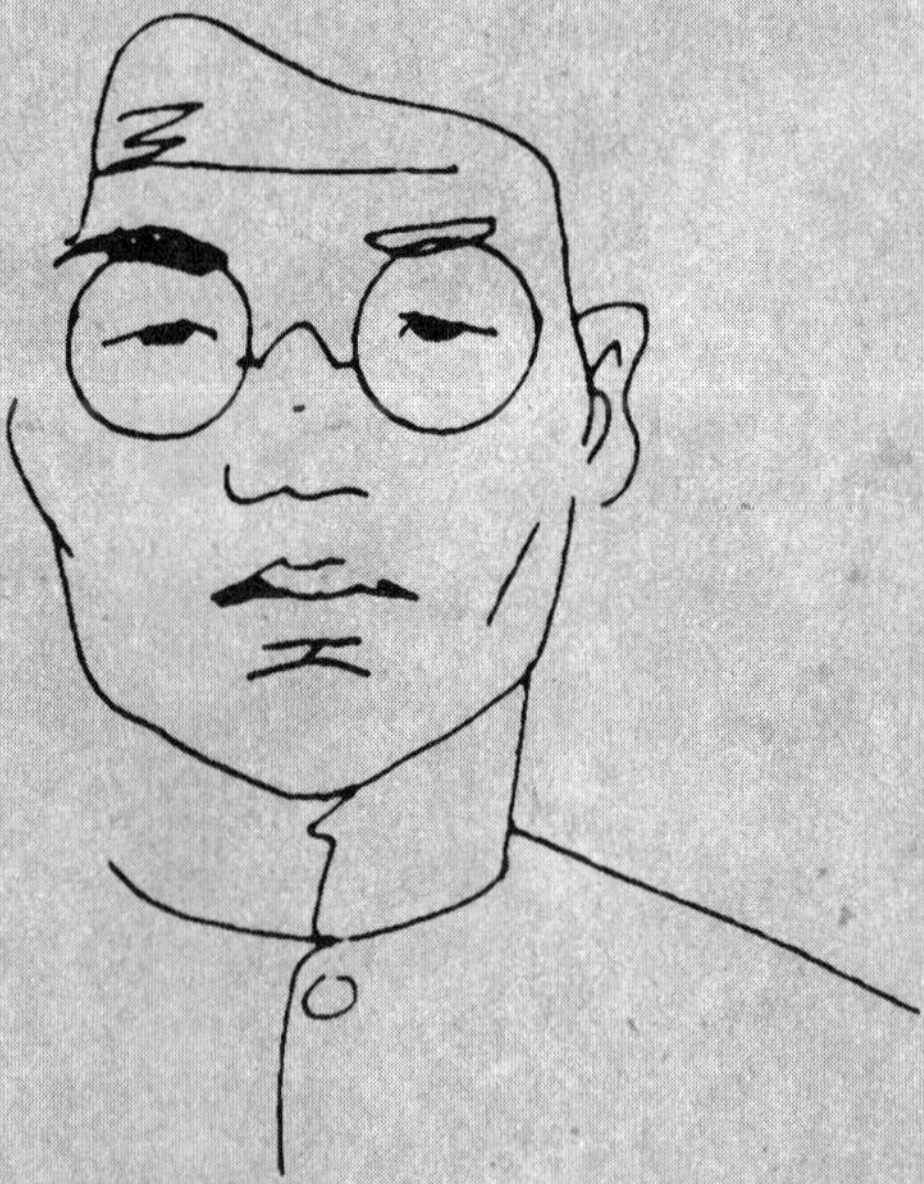

作者略歴

北條民雄（ほうじょう　たみお）（一九一四〜一九三七）
韓国漢江道《ハンガンド》に生まれる。母病死のため、徳島県の母方の生家で育つ。労働者として働き、夜間中学で学ぶ。遠縁の娘と結婚するが、ハンセン病の宣告を受け、破婚。自殺未遂を繰り返すが、東京の全生《ぜんしょう》病院に入院。聖書やドストエフスキーに強く惹《ひ》かれ、小説を書く。腸結核で死去。代表作に、『間木老人』『癩院受胎』があるが、未完成作品の『鬼神』や『キリスト者の告白』には、ヨハネ伝やヨブ記が引用され、作品の骨格を形成する。

背景と解説

この小説は、一九三五年十月に書き始められ、十二月に脱稿した。初出雑誌は『文学界』（一九三六年二月号）で、その年に「文学界賞」を受賞している。北條が全生病院に入院した最初の二日間の実体験が、小説の基盤にある。本人がつけた小説名は当初「最初の一夜」であったが、川端康成の助言で「いのちの初夜」に改題した経緯がある。主人公の揺れ動く懊悩《おうのう》を見事に描ききった傑作である。彼に付き添い、謙虚になるように進言する佐柄木のモデルは、すでに入院していた作家の光岡良二や北條の最期を看取った詩人の東條耿一《こういち》が考えられる。

柴崎　聰

本文＝あらすじ

　二十三歳の尾田高雄は、東京郊外にある武蔵野の病院の柊《ひいらぎ》の生垣に沿って歩いていた。彼はいつも自殺のことを考えている。病気の宣告を受けてから半年が過ぎた。紐《ひも》を吊《つ》るすに適した樹木の枝ぶりを見るくせがついてしまった。しかし、どうしても死にきれない。

　生垣を透かして院内をのぞき、患者たちの住んでいる家を注視した。太い煙突が立っている。葡萄《ぶどう》棚がある。院内は意外に平和なのかもしれないと思い直す。ここへ入らなければならないことに惨めさも覚えたが、入院する決心をした。

　受付がすむと診察室へ通され、やがて医者が来て顔をのぞき、「お気の毒だったね」と言った。尾田は、地獄へでも堕《お》ち込んで行くような恐怖と不安を覚え始めた。看護手の男に大きな病棟の裏側にある風呂場に案内された。マスクをつけた若い看護婦二人が待ち受けていて、「消毒しますから……」と言われたが、風呂には薬品は入っていない、とのこと。風呂からあがると、袖の軽い着物をあてがわれた。

同病者に好奇心を動かせながら待っていると、背が高く、片方の眼がばかに美しく光る佐柄木という男を看護婦に紹介される。尾田の病室の附添《つきそ》いであることがわかる。佐柄木は言う。「なあに癩《らい》（ママ）病を恐れる必要はありませんよ」。佐柄木は、同室の病人たちの看護を、いやな貌《かお》ひとつ見せずに一手に引き受けている。しかし、尾田をことさらに慰めようとはしなかった。ただ、青年同士の親しみと喜びを貌に浮かべていた。

尾田は暗い松林の中を歩き続けた。栗の木の枝に帯をかけ、死のうとするが、失敗する。孤独と不安がひしひしと全身を包み、どこへも行き場がない、と感じた。不意に佐柄木に声をかけられ、驚く。部屋にもどると、佐柄木は尋ねた。「あなたはこの病人たちを見て、何か不思議な気がしませんか」。佐柄木の美しい方の眼が抜け去っている。

佐柄木は笑いながら、目玉を入れるのを忘れていた、目玉は時折洗濯をしなければならないと言う。三代目の目玉である。

佐柄木は続けた。「こうなっても、まだ生きているのですからね、自分ながら、不思議な気がしますよ」。そして、尾田が自殺を図ろうとしていた現場を目撃していたと明かす。「再び起《た》ち上がるものを内部に蓄えているような人は、定《き》まって失敗しますね。蓄えているものに邪魔されて死にきれないらしいのですね。意志の大いさは絶望の大いさに正比する、とね。意志のないものに絶望などあろうはずがないじゃありませんか。生きる意志こそ絶望の源泉だと常に思っているのです」。五年前に入院した佐柄木は自らの生命に対して謙虚になることを促す。

尾田は夢を見る。蒼白《あおじろ》く透明な原野、追手が迫ってくる、底のない泥沼にはまりこむ、いつの間にか、菅笠《すげがさ》をかぶって蜜柑《みかん》の根もとにかがんで息を殺す、巨《おお》きな佐柄木の笑い声がする、彼は火柱に進んで行く、尾田が必死に叫ぶと夢から覚めた。

病室内は悪臭に満ちている。すすり泣く声が聞こえる。佐柄木は書き物をしている。分厚いノートには大きな文字がぎっしりと書き込まれている。言葉をかわした尾田に佐柄木が言った。「あの人たちは、もう人間じゃあないんですよ」。「生命そのもの、いのちそのものなんです」。「僕らは不死鳥です。新しい思想、新しい眼を持つ時、全然癩者（ママ）の生活を獲得する時、再び人間として生き復《かえ》るのです。復活そう復活です」。

二人で散歩をしながら、外気にふれる。佐柄木は、新しい人間、今までかつて無かった人間像を築き上げたい、という希望を語るが、同時にいつ盲目になるかわからない不安も語り、「癩者」になりきって生きることを勧め、大きく呼吸すると、一歩一歩大地を踏みしめて歩いた。やがて、燦然《さんぜん》たる太陽が林のかなたに現われた。佐柄木の世界に到達できるか、定かではないが、尾田は、やはり生きてみることだ、と強く思いながら、光の縞目《しまめ》を眺め続けた。

堀 辰雄

風立ちぬ《かぜたちぬ》

南アルプスのサナトリウムで絶対安静を告げられて療養する節子。その生死を超えようとする魂の交流に私は守られていると感じる。

作者略歴

堀辰雄（ほり　たつお）

（一九〇四〜一九五三）

小説家。東京麹町区平河町生まれ。東大国文科卒。一高で神西清《じんざいきよし》と友人になり、その後室生犀星《むろうさいせい》や芥川龍之介の知遇を得る。大学卒業の直前から小説を発表し始め、リルケ、プルースト、折口信夫の影響を受けながら、それらのエッセンスによって日本の古典と世界文学とを融合させる作品を書いた。代表作に『聖家族』『美しい村』『風立ちぬ』『菜穂子』『かげろふの日記』『曠野《あらの》』など。

背景と解説

一九三三（昭和八）年夏、軽井沢で堀は矢野綾子と知り合った。翌年婚約したが、綾子はサナトリウムで療養したかいもなく、三五年十二月六日に亡くなった。〈愛する人を喪《うしな》った哀しみと愛〉がテーマで、「序曲」「春」「風立ちぬ」「冬」「死のかげの谷」の五章から成る。三六年十二月から三七年四月までに四章を書き、鎮魂歌とした終章は、京都や奈良を旅行し王朝文学を読んだ後、初冬から軽井沢の川端康成の山荘にこもって十二月二十日過ぎに完成させた。詩篇の一節が挿入されていることでも有名。表題はヴァレリーの詩「海辺の墓地」の中の言葉からヒントを得た〈風立ちぬ、いざ生きめやも〉をイメージに置いたものである。

◆本文＝あらすじ

影山恒男

主人公〈私〉は、秋近い或る午後、節子と草原へスケッチに行く。白樺の木陰に寝そべっていると風で画架が倒れた。そのときふと「風立ちぬ、いざ生きめやも」という言葉が〈私〉の口からもれた。〈私〉は、生活の見通しがつくようになったら節子を「貰いに行こう」と決心する。

三月の或る午後、〈私〉が節子の家を訪れると、父はFのサナトリウムへ行きたいという節子の気持ちを〈私〉に伝え、暗に同行を依頼してきた。〈私〉は節子に対して、人生というものは、お前がいつもそうしているように、何もかもそれに任せ切って置いた方がいいのだ……そうすればきっと、私達がそれを希《ねが》おうなどとは思いも及ばなかったようなものまで、私達に与えられるかもしれないのだ、と思う。四月下旬の朝、二人は出発した。

南アルプスの高原療養所でのすこし風変わりな愛の生活が始まった。〈私〉は「普通の人々がもう行き止まりだと信じているところから始まっているような、特殊な人間性」を感じる。院長から「病院中でも二番目ぐらいに重症かも知れん」と聞く。十月の或る日、節子の父が訪れる。その後、節子の絶対安静の日々が続く。その危機が去って、〈私〉は自分たちの「皆がもう行き止まりだと思っているところから始まっているようなこの生の愉しさ」のことを小説に書きたいと言った。翌日から散歩に出て、八ヶ岳山麓の風景の中にサナトリウムの姿を遠くから眺めた。

〈私〉は、午後になると山や森を歩き、小説の構想を練った。たとえば「真の婚約の主題――二人の人間がその余りにも短い一生の間をどれだけお互に幸福にさせ合えるか？　抗《あらが》いがたい運命の前にしずかに頭を項低《うなだ》れたまま、互に心と心と、身と身とを温め合いながら、並んで立っている若い男女の姿」を考える。しかし、〈私〉は節子に対して、このおれの夢がこんなところまでお前を連れて来たようなものなのだろうかしら、と思ったりもする。「なんだか帰りたくなっちゃったわ」という節子はかすれた声で言った。

やがて、節子は亡くなった。三年半ぶりに戻ってきた村で、雪に埋もれた淋しい谷を外人たちが「幸福の谷」と呼んでいるが、〈私〉は「死のかげの谷」と一人つぶやいてみる。

一人暮らしを続けながら、サナトリウムでの追憶を蘇らせたり、三年前の夏のことを思い出したりするが、すべての物が失われていることに気づく。〈私〉は「たとえわれ死の谷を歩むとも禍害《わざわい》をおそれじ、なんじ我とともに在《いま》せばなり」と、旧約聖書の詩篇の文句を思い出す。

或る日、水車の道沿いの小さな教会を通りかかり、ドイツ人の神父と話をしていると、日曜のミサに是非来るように誘われた。そのミサの後、節子とよく絵を描きに出かけた白樺の立っている原へも行った。小屋に戻って、ヴェランダに座っているとそばに節子がいるように感じた。

ようやく注文していたリルケの「鎮魂歌《レクイエム》」が届いた。読んでいるうちに〈私〉は未だに節子を静かに死なせておこうとはせずに、彼女を求めて止まなかった、自分の心に何か後悔に似たものを感じた。雪道を散歩しながら、或る時背後に自分のではないもう一つの足音がするような気がした。

そして、リルケの「鎮魂歌」の最後の数行を思い出す。「帰っていらっしゃるな。そうしてもしお前に我慢できたら、／死者達の間に死んでお出《いで》。死者にもたんと仕事はある。／けれども私に助力はしておくれ、お前の気を散らさない程度で、／屡々《しばしば》遠くのものが私に助力をしてくれるように——私の裡《うち》で」。そして、〈私〉はクリスマスの夜、雪明かりの道を歩きながら、自分は守られていると感じ、ここを「幸福の谷」と呼んでいいと思う。

横光利一

旅愁《りょしゅう》

パリを舞台にして繰り広げられる青年たちの群像模様。合理主義とキリスト教との折り合いを巡って、若い葛藤が続く。

作者略歴

横光利一（よこみつ　りいち）
（一八九八〜一九四七）
福島県会津若松に生まれる。幼いころ過ごした三重県柘植《つげ》（現・伊賀市）は、芭蕉の血を引く母方の故郷である。早稲田大学在学中、菊池寛に師事し、『蠅』『日輪』で文壇デビュー。一九二四年に川端康成らと『文芸時代』を創刊し、新感覚派の中心的存在となる。代表作は、『機械』『上海』『紋章』など。「純文学にして通俗小説」（「純粋小説論」）を唱える。四十九歳で急逝。親友の川端は、弔辞に「君と生きた縁を幸とする」と記した。

背景と解説

一九三六（昭和十一）年、新聞の特派員として渡欧した経験を動機に、その後の人生を通じて書き継がれた長篇小説。マルセイユ、パリ、チロル、そして横浜、京都、九州などを〈旅〉し、友人久慈との思想論争とカソリックの千鶴子とのプラトニックな恋愛模様の二つのドラマを軸に、西洋合理主義と日本的精神・伝統の狭間に葛藤する有識の青年矢代の姿を描く。日中戦争から大戦までを舞台に展開する心理劇の合間、至る所に白い花が咲き、句が読まれ、またチロルの山に響いた羊飼いの〈神さま〉のような唄が主旋律の如く流れる、畢生《ひっせい》の名作。

◆本文＝あらすじ

安藤公美

一九三六（昭和十一）年、パリ。矢代耕一郎は、歴史の実習かたがた近代文化の様相の視察に来ていた。矢代は、社会学の勉強のかたわら美術の研究を目的に共にパリへやって来た久慈から、ロンドンから来る宇佐美千鶴子の世話を頼まれる。彼等はみな、ヨーロッパへ向かう船の中で知り合ったのだが、西欧文化・合理主義を崇拝する久慈と、それに反発を覚える矢代とは、顔を合わせるごとに思想論争を繰り返していた。

船の中では久慈と仲の良かった千鶴子だが、パリに来てからはむしろ矢代と親しく付き合い始める。ルクサンブール公園の繁みの下のベンチが二人の休息の場になった。ある時、二人はチロルに出かける。チロルの氷河を渡り、山の上で羊飼いが歌を歌って谷間に羊を集める場面を目にする。チロルの唄は、谷に響く一本の主旋律となって、羊の群れを高く低く呼び集める。その光景を見て、カソリック教徒である千鶴子は「まるで神さまを見ているようだわ」とつぶやく。その晩、矢代は千鶴子が暗い丘の端で膝をついて祈る姿を見、自らも神厳な寒気にひき緊《し》められて空の星を仰いでいた。

パリに着いてすぐの頃、ノートルダム寺院（大聖堂）を訪れた矢代は、全身蒼白にやせ衰え、口から血を吐き流したまま横たわっているキリストの彫像を見た。このリアリズムからヨーロッパ文明が生まれ育ち、また、このリアリズムがキリストを殺したのだと考える。

一方、写真家の塩野も、久慈とともにノートルダムを訪れる。御堂《みどう》の屋根の尖頭の「金色の十字架が夕映えの光を受けて輝いている」その附け根の所にある小さな円球の中に、キリストがかかった十字架の一片と茨の冠の本物の切れ端が封じ込んであるのだと言い、黙禱してから「これを最後にしたい」と塩野はシャッターを切る。やがて彼の眼から涙が滴って来るのを久慈は見届ける。

船中で知り合った一人、真紀子がウィーンにいる夫と別れてパリへやって来た。久慈は真紀子に惹かれ、やがて二人は結ばれる。一方、矢代と千鶴子は、結婚を意識しながら踏み込めないでいた。千鶴子がパリを発つ前日、外国にいては間違いを起こし易《やす》いと言う矢代に対し、「あたしは変わらない」と言う千鶴子。二人はそれぞれ別ルートで日本へ戻ることになる。

日本に帰ると、矢代は地位や身分、先祖や血統など、日本的価値観、社会構造をより一層強く感じ始める。千鶴子と再会し、彼女の家族から好意を持たれながらも、矢代は自分の先祖である北九州の一城主が、かつてキリシタンの大友宗麟によって滅ぼされていたことにわだかまっていた。神道由来の御幣が、近代数学に先行してあることの意味などを問いつつ、矢代は東洋の道徳と西洋の科学やキリスト教との折り合いについても葛藤する。

そんな折、突然、東京の自宅で父が亡くなる。「何ごとか壮大なものの傾き襲ってくる激しさも覚えて」彼は空を仰ぎ、「必ず昇天しているにちがいない父の魂の行方に対して」祈る。火葬場まで来て父の遺骨を拾う千鶴子に対し、父だけには二人の結婚が許されたように思う矢代であった。パリで知り合い、俳句の師匠でもある東野《とうの》を仲人に頼み、矢代はついに千鶴子との結納を決意する。東野は、すでに久慈とは別れた真紀子とともに日本へ戻っていたのだ。

千鶴子は、矢代の先祖が自分の信じるカソリックに滅ぼされたことを知って怖さを覚える。それに対し、旧約ホゼア書の「我が好むは憫みなり、犠牲に非ず」の句を矢代は返す。分骨した父の骨を納めるため故郷九州を訪れた矢代だが、一泊もせず千鶴子の待っている京都へと向かう。東京に戻ると、父なき家に白蟻が発生していた。「この家の土台を変えなくちゃ」と矢代は言う。その頃、妻を亡くした東野へ、真紀子の愛は向いていた。久慈もまたパリから戻ってくる。ある晩、日比谷で「新秩序」をテーマに東野が時局講演をする。ラジオの前で皆は「忽然念起」「ここに出発すべし」という東野のメッセージを聞くのであった。

中河与一

天の夕顔《てんのゆうがお》

京都の下宿屋の娘から三度も交際を拒絶されたわたくし。
それでも出会いを感謝しつつ、その末期の手紙を受け取る。

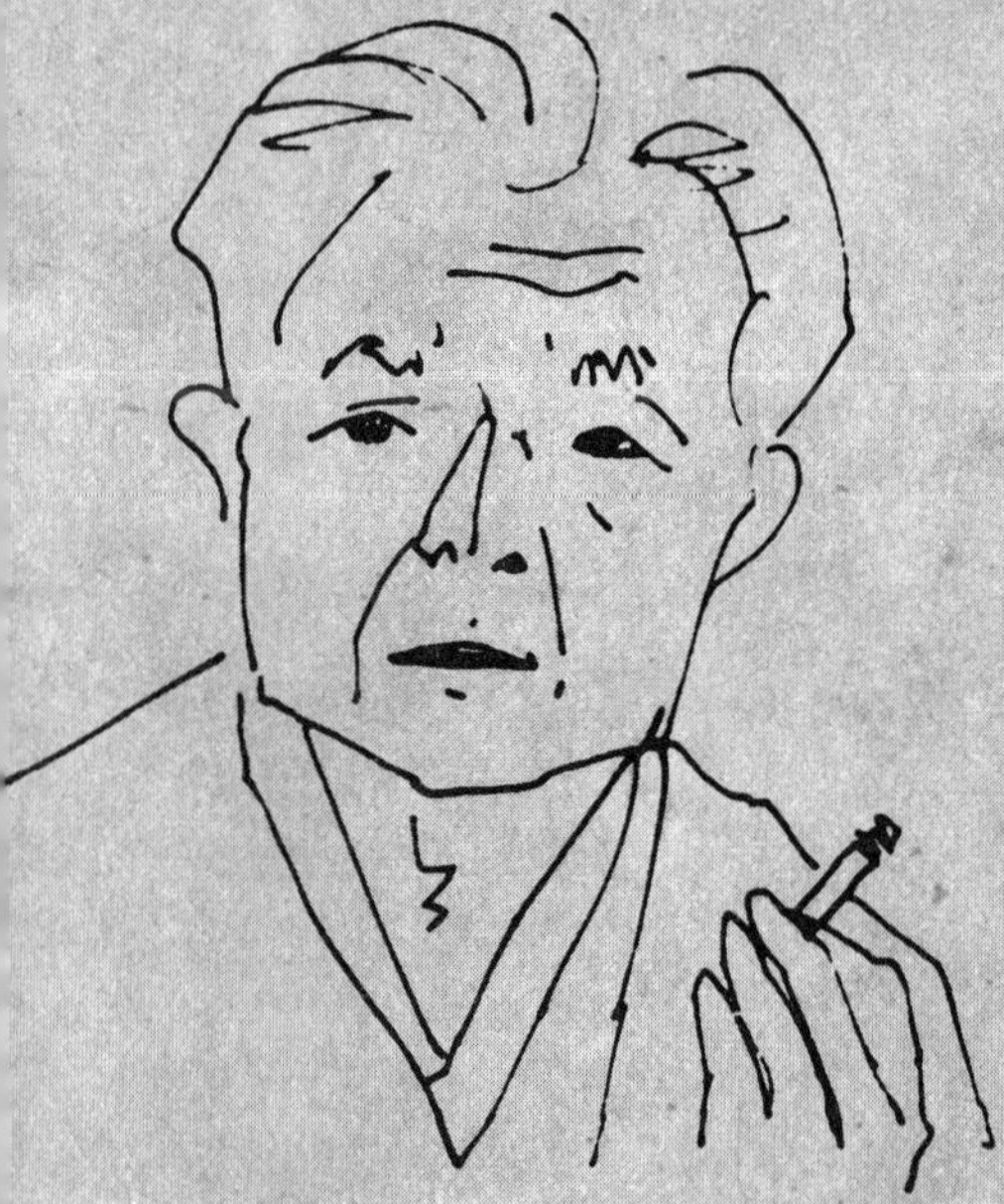

作者略歴

中河与一（なかがわ　よいち）
（一八九七〜一九九四）

少年期を父の郷里香川県、母の郷里岡山県で過ごす。早稲田大学在学中、極度の潔癖症により一九二二年退学。同年歌集を出版したが、文壇に登場するのは一九二三年五月、『文藝春秋』に発表した『或る新婚者』（のち『新婚者』）である。一九二四年、川端康成・横光利一らと『文芸時代』を創刊、新感覚派の旗手として活躍。モダニズムから次第に日本古来の叙情性に裏打ちされた作品『天の夕顔』などを発表し、多くの読者を得た。

背景と解説

一九三八年出版。作品中の「わたくし」はストイックさを根底に持つが、宗教的に描かれた女性「あの人」のほうが、実は拒絶したかに見えて男を誘惑しているとも見える。彼女はファムファタール（仏語で「宿命の女」）であり「わたくし」はストーカー的ともいえる強い執着をみせるが、それを予想して待ち構える「あの人」は永遠の聖母でもあろう。「わたくし」は、やがて結婚という形態からも男女の肉体的な繋《つな》がりからも遠ざかり、その姿こそは修道士のようである。本作品はそうしたキリスト教的側面からか欧米でも多く翻訳されている。

本文＝あらすじ

大澤富士子

わたくしは京都の大学に通っていた頃、時々見かける人が居室の下宿屋の娘で、既に結婚していると知る。何かをきっかけに彼女から郵便で本を借りるようになり、暫《しばら》く手紙を出さずにいると、互いの間にわだかまりがあるのではと手紙が来て了解に苦しむ。訪ねてきた彼女は交際を続けると苦しくなりそうだと言い、唐突に別れを切り出す。わたくしは率直に恋愛の気持ちはなく友情と考えてきたと述べながらも別れという言葉に狼狽《ろうばい》する。彼女には何か威厳のようなものがあり、これが突き離される最初であったが、そのためにわたくしは彼女のことを思い続ける運命を持ち、生涯をかけることになる。

それから二年、あの人（彼女）からの突然の手紙には「過去の境遇から出ることができた」とあり、再度の交渉が始まる。七つ歳上のあの人を求道者のように思い、宗教的にさえ思われる美しさ強さがわたくしを苦しくするほどに執着させ、ふと不安に襲われたわたくしは初めて彼女に触れる。二人は強く寄り添い川のほとりを歩き、あの人が夕顔の花を見つけ、二人は唇を触れ合った。しかし、一つになろうとしながらできないもどかしさの中で、二度目の拒絶の手紙を受け取った。

富士山麓の気象観測所員となったわたくしは沈鬱《ちんうつ》な性格を強め、あの人に手紙を書き続け、来ない返事を待つようになっていた。隣の家の娘は淋しそうなわたくしを叱ったり笑ったり、その存在は谷川のせせらぎのようだった。あの人がいい人と友達になれと言った言葉をこの娘に当てはめたわたくしは、やがて肉体的な関係になり娘の家族から結婚を迫られる。断ったものの腹の底で結婚しなければならないと考え、相談するべく訪ねたあの人は一瞬小刻みに身震いしてから、早く帰って結婚するよう威厳のある調子で命令した。これが三度目の拒絶である。

あの人の意志だと思い結婚し、心を鼓舞したわたくしの計画は失敗しだし、間もなく若い妻は肋膜《ろくまく》になり、それからの二年は介抱の生活になった。そのみじめさを良心と考えたが、とうとう病身の妻と別れることに決めて実家に連れて行き、結婚というものにこり懲りするのだった。

東京に転勤したわたくしは、苦しい結婚をしただけに一層慕わしいあの人と偶然再会し、新しい献身を感じる。だが、男は好きな事ができると呟《つぶや》く彼女に心外の嚇怒《かくど》が起こり、あの人の家を突き止め耐えられない悲しみと突き上げてくる立腹とで狂暴な殺意を覚える。しかし心が互いに読まれていることが判り、前世の因縁のようなものを感じる。六十歳になるまで待つというわたくしの言葉に、あの人は、今は何かの摂理に従うより道がないと言う。これが四度目の拒絶であり、わたくしは自分の愛情が試されていると感じる。

愛する人を待ちつつ、この地上から去ろうとわたくしは山へ入る決心をした。山の神秘のようなものが心を変えていくと思われたが、やはり最後には仕方がなくわたくしはあの人のうちを目指し下山した。あの人はもう齢をとっていたが、わたくしの思いは幼いときに別れた生母に対する気持ちのように耐え難い思慕になっていた。あの人は、妻と母という名のために耐えたと言い、五年たったら来るようにと言った。

わたくしの心には五年後の明るさと不安とがあったが、あの人に出逢えた今までの神の意志に感謝しなければとも思うのだった。わたくしは四十三歳になり約束の日の前日、あの人の末期の手紙を受け取る。あの人を愛し続けたわたくしは、天の国に消息する方法が花火を上げることだと思いつき、かつてあの人が摘んだ夕顔の花を花火として、それが消えたとき、あの人が摘み取ったと考えて喜びとするのであった。

坂口安吾

イノチガケ

布教のために来日したカトリック神父シドチ。秀吉の心変わりによって始まった弾圧のさなか、二人を信仰に導くが……。

作者略歴

坂口安吾（さかぐち　あんご）
（一九〇六〜一九五五）
小説家、評論家。新潟生まれ。本名炳五《へいご》。県立新潟中学、東京の豊山《ぶざん》中学を経て、東洋大学印度哲学科卒業。御茶の水のアテネ・フランセでも学び、若いときヴァレリーやコクトーなどを翻訳する。代表作は『風博士』『吹雪物語』『イノチガケ』『日本文化私観』『堕落論』『信長』『不良少年とキリスト』など、小説・文化論ほか多方面にわたる。太宰治、織田作之助、檀一雄などと共に〈無頼派〉と呼ばれる。

背景と解説

安吾はクリスチャンではなかったが、印度哲学科の卒業だけに、宗教に関心が深かった。一九四〇年ごろ、詩人の三好達治のすすめで、数多くの切支丹文献を読み、宣教師や信徒たちの受けた迫害と殉教に心打たれ、長崎や島原などを実地に調査する。「文献を通じて、私にせまる殉教の血や潜伏や潜入の押花《おしばな》のような情熱」と、他の作品で書かずにはいられなかったほど、信仰者としての彼らの生き方にほれ込んだ。『島原の乱雑記』『天草四郎』など、数多く書いた切支丹もののなかで、最初の作品が『イノチガケ』（一九四〇年）という歴史小説である。

◆本文＝あらすじ

小玉晃一

【前篇　殉教の数々】

一五四七年に九州の一角に漂着したポルトガル商船に命を救われた弥次郎は、マラッカでフランシスコ・ザビエルと会う。ザビエルは印度布教を途中であきらめ、キリスト教に改宗した弥次郎を伴い、その目標を日本に定めた。鹿児島に着いたのは一五四九年の八月、これが日本での切支丹の開教であった。切支丹はいっとき評判がよかったが、ザビエルは中国伝道のため日本を去った。

織田信長に初めて謁見を許されたのはフロイス神父だったが、坊主の堕落を憎んでいた信長は、私欲のない宣教師たちを讃えた。オルガンチノ神父とロレンソ神父は自分たちの使命を信長に話し、信長の居城安土には南蛮寺が建立され、セミナリヨが設けられ、教会の音楽が流れ、そこはハイカラ青年の楽園となった。
一五八二年、信長変死のあと、豊臣秀吉は切支丹保護を続け、小西行長、高山右近などの切支丹大名が誕生した。しかし秀吉の気が変わり、間もなく宣教師追放令が出され、バプチスタ神父はじめ多くの宣教師や信徒が処刑された。
一五九八年、秀吉永眠。徳川家康は切支丹にとくに圧迫は示さなかったが、地方では殉教者が現われはじめ、非常に多くの神父と日本人信徒が殺された。その方法は、火あぶり、水責《みずぜめ》、斬首、梯子責《はしごぜめ》、焼鏝《やきごて》。そして、穴つるしは一番みじめな殺し方として考案されたものである。島原の暴政に悩む百姓一揆が一六三七年に起こり、それに迫害に苦しむ切支丹たちが十六歳の天草四郎を天人に担ぎ上げて加わって、幕府を苦しめたのが島原の乱である。これ以後、切支丹の迫害は絶頂を極めた。

【後篇　ヨワン・シローテの殉教】

当時三十五歳だったシドチ神父は一七〇三年に（イタリアの）ゼノアを船出し、マニラを経て、やっと鹿児島に着いたのは一七〇八年であった。すぐに捕らえられ、長崎の奉行に尋問を受ける。

取り調べ方は、名前のシドチをシローテと聞き間違えていた。しかし、なんとか通じたラテン語でやっとシローテの渡来の目的を知った。どうしても江戸へ行って、将軍に会いたい、という熱烈な希望を受け、幕府は江戸への護送を命じる。

江戸では新井白石が取り調べに当たり、シローテはたどたどしい、なまりの多い日本語らしきもので話し始めた。シローテは切支丹のことを一番話したかったし、それが江戸へ来た最大の理由だったが、白石はそれを許さず、ヨーロッパの地理、歴史、文化、国情、風俗などについて数多く質問し、得るところ大で、シローテの博覧強記には驚いた。

背教した宣教師ジョゼフ・コウロこと岡本三右衛門が記した文書によって、白石は切支丹が日本を侵略する手段ではないことを知っており、シローテが必死に布教のことを説いている姿に感ずるところがあった。

三回の審問の後、シローテの渡来の目的を聞いた。シローテは説いて、説いて、説きまくった。白石の将軍への上申書には、心を動かさずにはいられなかった、とある。しかし、白石は切支丹の本義に関しては心を向けようとしなかった。シローテを本国に帰す、彼を囚人として切支丹屋敷にずっと住まわす、彼を処刑する、の三つのうち、「囚人として扱う」ことが最上であると、将軍に進言し、結局シローテは死ぬまで五年の歳月を切支丹屋敷で過ごす。

そこには切支丹の子であった長助・はるという老夫婦が下男下女として住まわされていた。彼らは、布教のために一命をかけたシローテの生き方を見て、シローテから洗礼を受け、自分たちは切支丹になった、と自首し処罰された。

長助は間もなく病死するが、それからすぐにシローテも切支丹屋敷で断食して牢死した。ときに四十七歳。シローテは思いがけず少なくとも二人の人に布教できたわけである。彼がなしたことは先輩の宣教師たちに負けない〈イノチガケ〉の仕事だったのである。

芹沢光治良

巴里に死す《ぱりにしす》

パリ留学以来親しくしてきた宮村医学博士から私は、結核を患った亡き妻・伸子が書き残した娘へのノートを託され……。

作者略歴

芹沢光治良（せりざわ　こうじろう）（一八九六〜一九九三）

静岡県駿東郡楊原《やなぎはら》村（現・沼津市）生まれ。天理教信仰のために財産を捨てた両親と幼少時に別れ、貧困のうちに向学心と西洋への憧れを抱いて成長する。東京帝国大学（現・東京大学）卒業後に官吏になるが、辞職して結婚。パリへ留学して、結核に倒れる。帰国後の一九三〇（昭和五）年『ブルジョア』で作家デビュー。神の存在への指向性を持ち、人間に希望を失わないユマニストの精神を文学の特色にする。代表作は大河小説『人間の運命』他。

背景と解説

『巴里に死す』は太平洋戦争の最中の一九四二年に、一年間雑誌に連載し、翌年単行本として刊行された。一九五三年にはフランス語訳が出版されて、国際的作家として評価を受けた。作品は作者の体験を元に虚構化したもので、人間の生きることの尊さを、ヒロインの精神的な成長の中に見出している。ヒロインは自らへの強い反省に立って、人間のまことを生きるようになり、死後に残す娘を思ってカトリックの信仰に導かれて行く。その哀切な思いを、平明かつ繊細な文章で語りかけている。

◆本文＝あらすじ

勝呂　奏

私（作家のS）は、若い頃のパリ留学以来親しくする宮村医学博士から、娘万里子の結婚披露宴に招かれて、一つの相談を受けた。それはパリで娘を産み、結核のために死んだ前妻の伸子《しんこ》が、娘のためにと療養中に書き残したノートがあり、長く隠してきたそれを娘に読ませていいものか判断して欲しいというものだった。私は宮村に返事するために、預かった三冊のノートを読み始めた。

＊（以下、伸子のノート）

私（伸子）は無事に万里子を産んだものの、結核を療養しなければならなくなってしまった。その日々に希望を持つためには、宮村と結婚してからのことを、ありのままに振り返り、自分を再建しなければと思う。でも、万が一助からないようなことがあれば、ノートは愛する娘への贈物として遺《のこ》せるだろう。

宮村と結婚して、私は初めて人間として生き始めたように思う。それほどに私は恵まれた家庭にお嬢さんとして、我《わ》が儘《まま》に育てられた。だから、留学する船で、夫の過去の恋人、鞠子《まりこ》さんの手紙を読んで、彼女が気高い精神と知性を備えた女性であることを知って、激しく嫉妬した。しかし、パリでの生活が始まれば、それも忘れ、優しい夫の真面目な学究生活の妨げになることもある、相変わらずの我《わ》が儘《まま》ぶりだった。

一年が経った頃、私は妊娠した。それは神様の宿ったような歓喜だったが、夫は喜んでくれず、鞠子さんと比べて自分に不満なのだと、再び嫉妬に掻《か》き立てられた。けれども、すぐに思い違いに気付いた。私は謙虚に反省し、生まれてくる子供のためにも、夫に相応《ふさわ》しい人間になろうと、まことを生きようと努めた。妊娠は順調だったが、私はある時から軽い咳をし始めていた。医者の診断は結核で、出産を諦めて中絶するように勧めた。それに対して、たとえ自分が死ぬようなことになっても産むと、私はむせび上げた。

私は夫の愛情に包まれて、病んだ体を労りながら、出産の日を楽しみに待った。そして、お前（万里子）は無事に生まれ、神様に感謝した。夫にとっての鞠子さんのようでありたいと願うようになっていた私は、お前に願いを込めて万里子と名付けた。しかし、お前を得た喜びに満ちた日々は、血痰《けったん》を見るようになった結核の症状の悪化のために、長くは続かなかった。私は夫ともお前とも別れ、一人暗澹《あんたん》とした思いでスイスのサナトリウムに行くことになった。

サナトリウムに療養して、お前の初めての誕生日を迎える頃、私はお前の顔が見たい一心で密かにパリへ行った。しかし、窓越しにお前を見ただけで、会うことは我慢してスイスに戻り、教会に通いながら療養に専念した。

春を迎えてサナトリウムを出る人達を見ていると、早くお前の元に行きたくてならなかった。私は夫が日本へ帰国すると偽って、サナトリウムを出ることを勧めない主治医の先生から許可を貰《もら》った。私はたとえ死ぬことになっても、お前の傍《そば》にいたい。それが叶《かな》うなら、パリで死にましょうと覚悟した。

＊

私（作家のS）は伸子のノートに感銘し、宮村博士に万里子に読ませるように返事をした。母のノートを読んだ万里子からは、長い感想を認《したた》めた手紙が届いた。万里子は療養する母が信仰を得て神様に感謝しながら、娘に伝えようとしたまこと、その愛情を真心から受け止めていた。ただ、母には夫に相応しい人間になるように努めるだけで、生かすべき自分のなかったことを、ポーブル・ママン（お気の毒な、おいたわしいお母様）と思えたと率直に伝えて来た。そして、万里子は結婚した今、母の願ったような女性として生きるように努めるつもりであることを伝えていた。

山本周五郎

柳橋物語

やなぎばしものがたり

幸太と庄吉に思いを寄せられるおせん。おせんのために死んだ幸太の愛に気づき、拾った子どもと共に生きることを決意する。

作者略歴

山本周五郎（やまもと　しゅうごろう）

（一九〇三〜一九六七）

小説家。山梨県北都留郡初狩村生まれ。本名清水三十六《さとむ》。横浜の西前小学校卒業後、東京木挽町の質店・山本周五郎商店の徒弟となる。筆名は店主に由来。一九四三年、『日本婦道記』が第十七回直木賞に推されるが辞退。その後も文学賞を固辞し続けた。『樅ノ木は残った』執筆後、『赤ひげ診療譚』『五瓣の椿』のころから聖書再読。罪と裁き、赦しに向き合った作品が多くなる。

背景と解説

一九四六年に一人雑誌『椿』に前編、四九年に『新青年』に前編再掲後、中編、後編を掲載。たったひと言が、一刻の出来事が主人公おせんの人生を狂わせていく、苛酷すぎる運命。しかし、その苦悩と悲惨と慟哭こそが真実を明らかにし、闇に葬られたものを甦らせる。苦難が至福に反転する究極の愛を描いた本作はキリスト教文学にふさわしい相貌をもつ。クリスチャンだった父との確執を淵源《えんげん》とし、人の世の苦しみに寄り添い多くの読者を魅了し続け、晩年にはキリスト教へ激しく傾斜した周五郎の文学的主題が明らかとなる作品である。

本文＝あらすじ

上出恵子

「大事なはなしがあるんだ、おせんちゃん、来てくれるかい」。思い詰めた庄吉の様子におせんは祖父源六の夕餉《ゆうげ》の支度もそこそこに出かける。神田川のおち口に近い柳のこかげに庄吉は立っていた。明日、上方に行くこと、しばらく帰れないが、待ってくれるか、と言う庄吉に「待っているわ」とおせんは答えた。

時は元禄、暮れには赤穂浪士の討ち入りがあるという年、父母を亡くし、研ぎ師の祖父とつつましく暮らす十七歳のおせんには、二つ上の幸太と庄吉という幼馴染みがいた。同い年の二人は大工の頭梁杉田屋の徒弟で、自分を信じきった強い性格の幸太、控えめでおとなしい庄吉と、対照的な性格ながら腕を競い合っていた。しかし、杉田屋の跡継ぎになったのは幸太であった。庄吉はしばらく江戸を去ろうと決意し、その前におせんに思いを告げる。なぜなら、幸太もまた同じ思いだったからである。

庄吉が案じたようにおせんのもとに幸太は何かとやって来るが、一途に庄吉を思うおせんは幸太に愛想づかしをする。しかし、大火事の夜、病に倒れた源六を抱え、逃げ遅れたおせんのもとに駆けつけたのは幸太であった。炎に追われ柳河岸で逃げ場を失い、源六は息絶えた。死を覚悟したおせんに幸太は「おまえは助ける」と言い、おせんを思い始めてからどんなに苦しい日を送ってきたのかを初めて明かした。「おせんちゃん、これまでのことは忘れてくんな、これまでの詫びにおまえだけはどんなことをしても助けてみせる、いいか、生きるんだぜ」と言って、幸太はおせんの目の前で命を落とす。

おせんは生き延びたものの、正気を失い焼け跡を彷徨《さまよ》う。その胸にあの火事場で偶然に拾った赤ん坊を抱きながら……。このようなおせんと、おせんが繰り返す「幸さん」という譫言《うわごと》から幸太郎と名付けられた赤ん坊を、親身に世話をしてくれたのが勘十とお常夫婦であった。しかし、この夫婦も大水で行方不明になり、途方にくれるおせんにかってのお針仲間のおもんが庄吉と会ったと言う。

庄吉は帰っていた。しかし、幸太との仲を疑い、子までいると思い込み、おせんの不実を責める。誤解だというおせんに、「それが本当なら、子供を捨ててみな」と庄吉は言い放つ。幸太郎を捨てようとするが、おせんには出来なかった。去って行く庄吉に「本当のことはいつかわかる筈《はず》よ、あたし待ってるわ」とおせんは呼びかけた。

庄吉は江戸に戻ってから住み込みで働いていた大工の頭梁に腕と気性をみこまれて婿に入った。それを知ったおせんは、確かめようと庄吉のもとに行き、幸せそうな二人に出会う。息もつけない苦しみの中でおせんは、「おせんちゃん、おらぁ辛かった、おらぁ苦しかった」と訴え嘆くような声を聞く。おせんには今すべてが明らかになった。自分をひとすじに本当に愛してくれたのは幸太であったということが。

あの火事の夜、幸太が命を落とした柳河岸に来たおせんは、たったひと言によってすべてがくい違い、幸太も喪《うしな》ってしまったが、そうして初めて何が真実で、本当の愛がどんなものであったかということが分かった、と嗚咽《おえつ》する。幸太に深く愛されたこと、それが一点の曇りもなく明らかになった喜びに満ちあふれ、あの夜に拾った子に幸太郎という名がついたのも不思議ではなかった、あの子は幸太との子なのだ、とおせんはそこに人がいるかのように語りかけるのであった。

お常の兄松造の好意で八百屋の店を始めたおせんのもとに杉田屋から真相を聞いた庄吉がやってくる。詫《わ》びる庄吉に、幸太とはわけがあったこと、幸太郎も二人の子である、ときっぱりおせんは言うのであった。

太宰 治

人間失格《にんげんしっかく》

恥多き生涯を送ってきた葉蔵の手記を通して、他者と自分を傷つけてきた人間の赤裸々な姿を披瀝する。

作者略歴

太宰治（だざい　おさむ）
（一九〇九〜一九四八）

青森県金木町に、大地主の六男として生まれる。本名津島修治。弘前高校から東大在学中に共産主義運動に関わるが転向。青年期は実家との葛藤、自殺未遂、薬物中毒、精神病院入院などによって苦悩の連続であった。遺書のつもりで第一創作集『晩年』を発表。その後美しい心情にあふれた中期の作品を書くが、戦後は社会への反逆に傾斜し、山崎富栄との心中事件で死去。『駈込み訴へ』『走れメロス』『斜陽』ほかの代表作。

背景と解説

初出は『展望』一九四八年六月号から三回にわたり連載。語り手がバーのマダムから預かった葉蔵の手記を紹介するという構成。葉蔵は太宰自身ではないが、限りなく近く、生涯の真実を表現した名作。「私はキリストの卑屈を得たく修業した」とは、著者が半強制的に精神病院に入れられた体験に基づく小説『HUMAN LOST』後の思いである。キリストの卑屈とは、死にいたるまで従順であられたイエスに示される神の愛の姿を、太宰なりに捉えたものであり、現実的には人間失格こそが、むしろそれであったのではないかとする太宰最後の問いかけがある。

◆本文＝あらすじ

奥野政元

［はしがき］私は、その男の写真を三葉、見たことがある。幼年時と学生姿のそれは、笑いながらこぶしを握るなど薄気味悪いもので、最後の一葉は、何の表情もない奇怪で不吉なものである。こんな不思議な顔は、今まで見た事がいちどもなかった。

［第一の手記］恥の多い生涯を送って来ました。自分には人間の営みというものが何もわかっていないのです。自分は空腹という事を知りませんでした。周囲の人が、おなか空《す》いたろう？　甘納豆はどう？　とすすめるので、空いたと呟《つぶや》いて、食べるのですが、空腹感とはどんなものか、わかっていませんでした。めしを食うために生きるという世の人たちの幸福の観念と、自分のそれとがまるで食い違っているような不安と、自分ひとり全く変わっているような恐怖に襲われ、隣人と会話もできません。

そこで考え出したのがお道化のサービスでした。何でもいいから、笑わせておればいいのだ、そうすると人間たちは、自分が彼らの「生活」の外にいても、あまり気にしないのではないかしら。この一線でわずかに人間につながる事ができ、うまくいっていたのです。

［第二の手記］しかし中学の体操時に、鉄棒でわざと失敗したのを、竹一から「ワザ。ワザ」と背中をつつかれて見破られ、地獄に落ちる苦しみを味わいました。その竹一に私は女に惚《ほ》れられる、偉い絵描きになるとの二つの予言を刻印されて、東京の高等学校に入りました。

東京では、堀木という画学生から酒と煙草と「淫売婦」と質屋と左翼思想とを知らされました。非合法、日陰者、犯人意識という言葉が示す雰囲気が、自分にはへんに安心で居心地がよいのです。しかし父が議員を辞め、故郷に隠居してから、古い下宿に移って、たちまち自分は金に困りました。非合法運動の手伝いをしたり、堀木と安い酒を飲みまわり、学業も絵の勉強も放棄し、運動からも脱落して、ついに年上の夫のある婦人と情死事件を起こして、自殺幇助罪《ほうじょざい》に問われ、起訴猶予となりました。

［第三の手記］その後堀木の家で出会った雑誌記者シヅ子と五つになる幼女シゲ子母娘との男めかけのような生活をし、漫画を描きはじめると、それが案外とお金になってきました。そこへ堀木が来て、お前の女道楽も、いい加減にしないと世間がゆるさないよ、と言います。世間じゃない。あなたがゆるさないのでしょう？　と胸のうちで言いました。しかし神の愛は信じられず罰だけを信じる自分は、シゲ子達の無垢《むく》な信頼と幸福を壊さないよう、その家からそっと去りました。

次に信頼の天才のような煙草屋の十七、八の処女ヨシ子と結婚し、小さいアパートの一室で落ち着き始めたのですが、堀木がまたも自分の眼前に現れました。やめていた酒をまた飲みだした夏の頃、借金に来た堀木とアパートの屋上で飲んで、言葉遊びをしているうち、対義語《アントニム》の当てっこ遊びを発明しました。罪のアントを問いかけはじめて、わからなくなりました。罪と祈り、罪と悔い、罪と告白、罪と……ああ、みんな同義語《シノニム》だ。罪のアントがわかれば、罪の実体もつかめる気がするんだけど。罪と罰？　と考えているうちに、堀木が無学な小男の商人にヨシ子が汚されていることを知らせに来て、一緒に目撃してしまいました。信頼の天才ゆえに犯されたのです。神に問う、信頼は罪なりや。

その後は、催眠薬で自殺を図り、ヨシ子と別れて、モルヒネ中毒になって、今度は薬屋の障害を持つ奥さんとまで関係を結びました。そして身元引受人の骨董《こっとう》商人ヒラメや堀木やヨシ子によって、脳病院に入れられました。自分は、もはや完全に人間ではなくなりました。ただ一切は過ぎていきます。故郷に帰った今、二十七になりますが、人から四十以上にみられます。

［あとがき］この手記を私に託したマダムによると、葉蔵は神様みたいないい子だったと言う。

大岡昇平

野火《のび》

フィリピンのレイテ島をさまよう田村一等兵を襲った孤独と人肉嗜食の試練、その後に狂気がやってくる。

◆作者略歴

大岡昇平（おおおか　しょうへい）
（一九〇九〜一九八八）

東京市牛込生まれ。父は株式仲買店の外交員、後に大岡商店を開く。青山学院中等部に入学。キリスト教の感化を受け、牧師になることも考える。成城高校に進み、小林秀雄、中原中也らと交友し影響を受ける。京都帝国大学文学部（仏文学専攻）入学、ジッド、スタンダールなどを読む。太平洋戦争末期の一九四四年召集されフィリピンの戦場に送られ、翌年一月捕虜となるも復員。一九四八年『俘虜記』によって文壇に登場した。

◆背景と解説

一九五一年に発表された大岡昇平の最高傑作の一つで、翻訳も多く、外国でも広く読まれている作品である。日本文学史上に稀有《けう》な「神に栄えあれ」という一文で閉じられている。孤独と絶望の淵《ふち》からそこにたどり着いたことは、「たとひわれ死のかげの谷を歩むとも　ダビデ」（「詩編」）というエピグラフに表れている。集団から追われ、孤独の中で〈生〉と向き合いながら、〈生きること〉の極限とその向こうを描こうとした物語である。十代でのキリスト教との出会いは心の底に持続し、二十年後の捕虜時代に従軍牧師から新約聖書を借りることで再び大きな問題として浮上した。

本文＝あらすじ

宮坂　覺

私は頬を打たれた。分隊長は早口に、ほぼ次のようにいった。「馬鹿やろ。帰れっていわれて、黙って帰って来る奴があるか。帰るところがありませんって、がんばるんだよ。そうすりゃ病院でもなんとかしてくれるんだ。中隊にゃお前みてえな肺病やみを、飼っとく余裕はねえ……」。

太平洋戦争末期、フィリピンのレイテ島に投入された田村一等兵は肺に病を負い、所属する部隊や野戦病院からも追われ、熱帯の山野を孤独と絶望を抱いてさまよう。ある時、病院の周りにたむろする〈速成の親子〉のような関係の安田と若い永松と出合い〈仲間〉になったりする。しかし彼らとも敵の砲撃で別れ、再び孤独の中で山野をさまよう。所々で野火を目撃するが、それは人のいる証しであると同時に、危険を知らせるものでもあった。ある時は近づき、ある時は遠のきながらさまよい続ける。

やがて田村は、無人の家を発見し〈楽園〉を感じながら生活をする。ある時、森の向こうに〈光るもの〉を見出し、確かめに出かけ〈教会の十字架〉であることを知る。そしてその下に行って見ようという思いに襲われるが、一方でその行為は敵の中に死ぬことも意味した。が、彼は了解する。こうしてひとり〈深き淵〉に死ぬのはつまらない。あの会堂に入って、生涯の最後の時に訪れた一つの疑問を晴らそうと考える。

翌朝、夜明けも待たずに教会のある町に向かう。町は、日本の敗残兵の出没で住民は町を捨てたらしく無人であった。そして、会堂に足を踏み入れた。無人の会堂で「デ・プロフンディス」（われ深き淵より汝を呼べり）の声が聞こえたように思ったが、それは幻聴であった。この時、彼は、地上で自分の救いを呼ぶ声に応えるものは何もないと感じ、自身と外界との関係がきっぱりと断ち切られたのを意識する。

落胆と疲れのためか会堂で寝てしまうが、人の歌声で目を覚ました。そして、会堂に入ってきた女の悲鳴のために混乱の中で衝動的に彼女を撃ってしまった。一緒だった男は逃げた。この男女は、教会の〈塩〉を探しに来たことを知り、その〈塩〉を得て教会から逃げた。田村は、塩を糧に生き延びることとなるが、戦場とはいえ自分の犯したことに苦しむ。

そして、ついに重大な局面を迎える。飢えのため新しい屍体《したい》を見てその肉を食べたいと思うようになるのだ。が、誰かに、〈見られている〉ことも感じる。そんな時、瀕死の将校に、「俺が死んだら、ここを食べてもいいよ」と語りかけられる。翌朝それを実行しようとするが、妙な経験をする。剣を持った右の手首を、左の手が握ったのである。そして、食べたいと思っているのは、死人の肉であるか、それとも左手の肉であるかを疑うのである。「起てよ。いざ、起て……」の声を聞き、遺体を離れた。〈他者により、動かされ出した初めてであ〉った。田村は、〈他者〉から〈見られている〉認識から、〈動かされ〉ていることを自覚する。

再び、敗残兵仲間の安田と若い永松と遭遇し、行動を共にする。が、回避した人肉食という許しがたい行為に巻き込まれることになる。彼らが計画的に人肉食をしていたことを知る。それは歩けなくなっていた安田の身に及び、安田をあやめた若い永松を懲らしめようと彼に銃口を向けるが、記憶を失う。

六年経過して田村は、ある精神病院で「狂人手記」を認《したた》めていたのである。彼は述懐する。「銃を持った堕天使であった前の世の私は、人間共を懲すつもりで、実は彼等を食べたかったのかも知れなかった。（中略）もし神が私を愛したため、予めその打撃を用意し給うならば――もし打ったのが、あの夕陽の見える丘で、飢えた私に自分の肉を薦めた巨人であるならば――もし彼がキリストの変身であるならば――もし彼が真に、私一人のために、この比島の山野まで遣わされたのであるならば――神に栄えあれ。」と。

椎名麟三

美しい女《うつくしいおんな》

関西の私鉄で働く私には苦い女性遍歴があるが、本当の自分と解離するたびに、一人の美しい女の幻影が現われ、励ます。

◆作者略歴

椎名麟三（しいな　りんぞう）（一九一一～一九七三）
兵庫県姫路市生まれ。中学中退後、大阪でコック見習い等の仕事を転々としている間、母親の自殺未遂の報に触れる。私鉄に入社するが組合活動をして検挙され、激しい拷問を受ける。控訴審で転向表明。戦後『深夜の酒宴』によって文壇デビュー。実存主義文学の旗手として注目される。一九五〇年、日本キリスト教団代々木上原教会で赤岩栄牧師から洗礼を受ける。その後赤岩と訣別し、独自の立場からキリスト教文学を創作した。

◆背景と解説

一九五五（昭和三十）年に『中央公論』第八〇〇～八〇四号まで五回掲載された。前年冬、椎名麟三は戦前勤務していた山陽電鉄（旧宇治川電気鉄道）にでかけ、かつての同僚と再会した。木村末男のモデル原末治から当時の話を聞き、戦争という困難な時代を生きた労働者の歴史に即し、この世の絶対性と闘う人間の姿を描くことに決める。制度や思想に絶対性が付与されると、それらは元々人間が作り出したものでありながら人間を疎外する。それを克服するには、絶対性を超える絶対性、すなわち神の存在が必要になる。美しい女は神として喚起されるのである。

本文＝あらすじ

尾西康充

私（木村末男）は、関西のある私鉄に働く名もない労働者である。十九歳の時に入社して以来三十年近くになる。情けないことに今の希望は、この会社を定年でやめさせられると同時に死ぬことである。仕事以外に生きがいがないからなのだが、過去を振り返ってみると、同僚の多くは発狂したり、自殺したり、病死したりと悲惨な生活を送っていた。

私自身も時代に翻弄されて生きてきた。労働組合活動が盛んであった頃には、左翼の人たちから「無自覚な労働者」だとか「奴隷根性」をしているとかいって罵《ののし》られ、大政翼賛運動が盛んであった頃には、右翼の人たちから「無関心」だとか「無責任」だとかいって馬鹿にされた。

しかし私は、これらのレッテルに生命の光を与えてやりたいと思う。会社から「人を轢《ひ》いてもいいが車両は壊すな」とさえ言われた戦争という狂気の時代にあって、普段なら当たり前とされるような判断や行動でもすべて異常と決めつけられたことに納得できないからである。この世の一切の狂気めいたもの、悪魔めいたものと対立する平凡さに光と熱を与えてやりたいと思い、これまでの人生をまとめようと、この手記をしたためている。

七人目の子として四十六歳で私を妊娠した母は、絶望から無縁の女性だった。それは母が強い精神を持っているからではなく、無智だからであったが、私鉄に入社する前年に死去した母に今でも限りない郷愁を感じ、困った時や不安で眠れない時には「おかあちゃん」という言葉が口を衝《つ》いて出ることさえある。

母親以外に、私に強い影響を与えた女性は三人いる。まず倉林きみ。五歳年上のきみは同僚の妹で、売春をして生計を立てていた。窃盗癖があって前科二犯、私が生活を支援しようとするが悪癖は治らず、私との関係は疎遠になる。最も左傾化していた日本労働組合全国協議会（全協）に誘われた彼女の兄は事故を起こして発狂する。御用組合の曙会の役員に推されていた私も全協に誘われていたが、特高警察によって検挙されてしまう。

つぎに飯塚克枝。十八歳で出札係として雇用された克枝は、とても勤勉で出世欲が強い。あるとき偶然彼女の実家を目撃するのだが、そこは乱雑で狭く汚らしい棟割長屋の一軒だった。しかし、裏縁で縫物をしていた老婆に、自分の母親の面影を見つけた私は、急に親近感を抱き、克枝に結婚を申し込む。意外にもすぐに承諾して二人は結婚するものの、自他ともに私には過ぎた女性だと感じられた。克枝はやがて在郷軍人会の林進之助支部長と駆け落ちする。すぐに連れ戻されるのだが、この後も出奔を繰り返す。

最後は武藤ひろ子。性的に放埒《ほうらつ》で自殺未遂をした前歴のある彼女は、召集を恐れていた船越とカルモチン心中を試み、結婚した武藤の家でも自殺を図る。船越も武藤も私の同僚で、武藤は助役に昇進すると精神に異常を来して心臓マヒで死亡する。女学生風の髪型に太り気味の肢体をもてあましているひろ子は、外見上は過剰なほどの生命力を持っているのだが、いつも死への衝動を抱えている。バスの女性車掌をしていた頃に組合活動をして検挙され、特高警察から激しい性的拷問を受けたことが深い心的外傷となっているためであった。私はひろ子から求愛されるが、死への衝動に怯えて拒絶してしまう。

いつも本当の自分であったことはない、と感じる私は、現実の自分と解離するたびに美しい女の幻覚をみる。彼女こそが危うい自分を救い、本当の自分に立ち戻してくれるのだ。世の権力はさまざまなレッテルを貼って自分を貶《おとし》めようとしてきた。しかし心のなかにいる美しい女は、狂気の時代にあっていつも私を正気に返らせ、行き過ぎたことを自重させるのであった。

小川国夫

試みの岸

こころみのきし

殺人の罪を負った十吉とその甥の余一とその従姉の佐枝子。三人をめぐる三篇の物語に織り成された運命の試み。

◆作者略歴

小川国夫（おがわ　くにお）
（一九二七〜二〇〇八）
静岡県志太郡藤枝町（現・藤枝市）生まれ。病弱な幼少年期を過ごし、太平洋戦争下の中学時代に勤労動員を経験。高等学校へ進学した戦後にカトリックの洗礼を受け、創作を志す。東京大学在学中にフランス留学し、ヨーロッパ各地を単車旅行。帰国後、『アポロンの島』を自費出版。藤枝に住んで同人雑誌を発表の場にしていたが、島尾敏雄に激賞されて以降、〝内向の世代〟の作家として活躍。代表作は『或る聖書』『逸民』『弱い神』他。

◆背景と解説

雑誌発表の三部作「試みの岸」「黒馬に新しい日を」「静南村《しずなみむら》」をまとめ、『試みの岸』（一九七二年六月）として刊行。十吉《じゅうきち》、余一、佐枝子を主人公に、それぞれの引き受けた運命との格闘が描かれる。タイトルは、神の試煉《しれん》を引き受ける人間生といった意味である。作品に宗教的世界は直接に描かれないが、主人公たちの運命の「試み」と格闘する姿に、沈黙する神が確かに臨在している。小川がそれを意識していたことは、十吉の名前に十字架の入っていることを指摘すれば足りよう。この重苦しい生の世界を、喚起力の強い鮮烈な文体が刻み出している。

本文＝あらすじ

勝呂　奏

【試みの岸】

法月《のりづき》十吉は大井川上流の速谷《とおだに》に育ち、海に憧れていた。満州への従軍からの復員後、馬喰《ばくろう》の仕事をしていた十吉は、一儲けしようと考えた。遠州灘に打ち上げられた難破船を、大きな借金をして買い取ったのである。ところが、売ろうとしていた船内の金目の物を盗まれて、借金だけが残った。十吉は途方に暮れたが、馬のアオを牽《ひ》いて借金の返済のために懸命に働き始める。希望の持てない苦労ばかり多い毎日だった。大井川の河口近い骨洲《ほねす》港に住む福松と親しくしていると、その妹の咲は真面目な十吉に思いを寄せた。しかし、自分の暗い性質を思う十吉は好意を受けつけない。

十吉には気づくことがあった。それは運命に試されているということだった。十吉がそれに負けまいと気を張って働いていると、骨洲港で年寄のロクに声をかけられ、難破船の盗まれたプレートをもらった。ロクの住む折羽《おれば》を訪ねてわかったことは、その身内の者たちが泥棒を働いたことだった。十吉は罪を一人でかぶろうとするロクを知るにつけ、責める気持ちはなくなっていた。十吉が帰ろうとすると、それを見張る男たちが襲った。逃げ惑った十吉が、夜の防波堤でロクの息子の半六を蹴ると、ロクを巻き込んで転落し、コンクリートの棚に打ち付けられ、二人は死んでしまった。十吉は自分に根を張る運命を思い、刑事に自首した。どんなに苦しくても、それを堪えて見せる気持ちになっていた。

【黒馬に新しい日を】

十吉の甥の余一は、祖父と口論になって速谷の家を飛び出し、骨洲港へ向かった。しかし、ラジオで町が大火事だと知って帰ると、祖父の家は無事だったが、十吉の家は焼けて厩《うまや》に飼われたアオはいなかった。余一はまた町を出ようとしたが、十吉を心配してきた従姉の佐枝子に見つかって一緒に探すことになった。結局、十吉は焼津の方へ行ったことがわかり、佐枝子はそれを追って行った。一人になった余一は、雪の舞う谷をさまよい、死にかけたアオを見つけた。アオを救おうとするが、足頸《あしくび》を怪我して苦しむうちに、気づくと馬に変身していた。眼がつぶれるような悲しみだった。

祖父は馬になった余一の世話をし、やがて骨洲港の福松に売った。そこには十吉が働いていた。余一は十吉が自分がアオでないことに気づいてくれれば、人間に戻る切っ掛けをつかめるのではと期待するが空しかった。しかし、余一は次第に馬であることに安堵さえ覚えるようになって、荷車を牽《ひ》いた。十吉は借金の返済のために遠洋漁業の船に乗って働いていたが、その帰港を知った祖父がやってきた。余一は祖父が十吉に、佐枝子が海で自殺したと話すのを聞いた。祖父は自分等の血筋には楽に考えられない性質が多いと歎《なげ》いた。

【静南村】

もう静南には戻らない、と思いながら佐枝子は蟹戸《かにと》の崖へ向かっていた。そこは十四歳の時、十吉に連れられて弟の昌一と一緒に磯釣りをした懐かしく明るい思い出の場所だった。佐枝子は二十六歳になっていた。その心は出口のないおかしな場所に入り込み、自殺するつもりだった。死はジャワのお面みたいに、表は怖くても、裏から見れば何でもないと思えた。

佐枝子の耳には離れない影の声がして、夢と現実があやふやになっていた。思い出されるのは、十二年前の少女の頃に一緒に暮らすことを夢見た十吉のことばかりだった。殺人の罪を負って服役し、借金のために苦労する十吉だけが、自分を判ってくれると思えた。しかし、その思いは通じない。佐枝子が南の浜に余一が現われたと真剣に話しても、十吉は余一は谷で死んだと取り合ってくれない。十吉だって死にたくなるような思いをしているだろうのに、困難を引き受けて生きようとしている。佐枝子は化け物に思える自分を連れて、崖への道を歩いていた。

遠藤周作

侍

さむらい

藩主の厳命によって、ローマにまで赴いた一人の侍が形ばかりの洗礼を受けるが、その後の運命は苛酷だった。

作者略歴

遠藤周作（えんどう　しゅうさく）（一九二三～一九九六）
東京生まれ。十二歳で母の影響により受洗。慶應義塾大学仏文科卒。学生時代から「神々と神と」など評論を発表。フランス留学を経て、カトリック作家として出発し、「白い人」で芥川賞受賞。『海と毒薬』で文壇的地位を確立する。『沈黙』『死海のほとり』『侍』『深い河』など純文学長編を発表し、日本人とキリスト教という独自な宗教的テーマを追求した。『イエスの生涯』などの評伝、ユーモア小説やエッセイなどの狐狸庵シリーズでも愛された。

背景と解説

一九八〇年四月、新潮社の「純文学書下ろし特別作品」として刊行。その年の野間文芸賞を受賞。仙台藩の慶長遣欧使節、支倉常長をモデル（作中では長谷倉六右衛門）にした作品であるが、その伝記ではなく、支倉の悲劇的な大旅行を、作者の受洗や留学などの体験を投影して作者の内部で再構成した内的自叙伝といえる小説である。地上の王に会うための旅の終末に会ったのは次元のちがう魂の王であったという筋書きはイエスの弟子たちの王のイメージの変化を下敷きにしており、「侍」という題には「侍ふ《さぶら》イエス」という同伴者の意味が重ねられている。

本文＝あらすじ

山根道公

貧しい谷戸の村で百姓と共に働く侍（長谷倉六右衛門）に、領地での布教とノベスパニヤ（メキシコ）との交易を懇願する殿の親書をたずさえ、使者衆の一人として海を渡ってノベスパニヤへ赴くようにと殿の命が下る。大船が陸前の雄勝《おがつ》で造られ、月ノ浦から太平洋に船出する。侍は旧領地の回復を期待し、従者与蔵を伴って乗船する。幕府に捕縛されていた宣教師ベラスコも日本の司教になる野心をもち、通辞として使節団に同行する。

途中、ベラスコは共に乗り込んだ商人たちに切支丹の話をし、嵐の後でベラスコの憐れみに触れた与蔵も切支丹の教えに関心を向ける。しかし侍は十字架の痩せこけた裸体の男を見ながら、殿とは反対の、このようにみすぼらしい存在を拝む切支丹が奇怪な邪宗に思われる。

一行はノベスパニヤに到着し、三十八人の商人たちが貿易の利益を願って切支丹の洗礼を受けることで、総督と使者たちとの会談が決まり、殿の書状を示すが、総督からは返答する権限がないと言われ、侍たちはノベスパニヤを東へと横断する。その途上、テカリという村で貧しいインディオと共に生きる日本人の元修道士と出会い、「私は私のイエスを信じております。そのイエスはあの金殿玉楼のような教会におられるのではなく、このみじめなインディオのなかに生きておられる」との話を聞く。

侍たちは大西洋を渡ってエスパニヤ（スペイン）に赴く。エスパニヤ王に謁見して交易の許可を得ようとポーロ会のベラスコは努力するが、敵対するペテロ会の神父が日本における禁教令と弾圧の事実を伝え、反対する。事態の打開のためとベラスコに促された侍たちは、「形だけのことだ」とおのれに言いきかせ、従者の与蔵たちと共に洗礼を受けるが、事態は好転せず、ただ一つの奇蹟を当てにしてローマに向かう。しかしそこでも法王庁の枢機卿《すうきけい》に反対され、侍たちは法王に謁見し、殿の書状を読むが、法王は日本のために祈ると約束したのみであった。

希望を絶たれた侍たちは、再び大西洋を渡り、ノベスパニヤを西へと横断する。途中、テカリで日本人の元修道士と再会し、侍は十字架上のあの男をなぜ敬うことができるのかと問う。元修道士は「あの方がこの現世で誰よりも、みすぼらしゅう生きられたゆえに、信じることができます」「世界がいかに変ろうとも、泣く者、嘆く者は、いつもあの方を求めます。あの方はそのためにおられるのです」と答える。「俺にはわからぬ」と言う侍に、元修道士は「いつか、おわかりになります」と告げて、別れる。

一行は太平洋を渡ってマニラでベラスコと別れ、当初の目的を果たせないまま、四年ぶりに帰国し、使者衆である侍と西は切支丹禁制下で取り調べを受ける。殿の考えも変り、侍たちの旅はまったく意味がなかったと殿の重臣から言われ、口惜《くや》しさのなか、西と侍は役目を果たすために切支丹に帰依したと告白する。

谷戸に戻った侍は長い旅を振り返り、影のように従ってきてくれた与蔵に「なぜ、あの国々ではどの家にもあの男のあわれな像が置かれているのか、わかった気がする。人間の心のどこかには、生涯、共にいてくれるもの、裏切らないもの、離れないものを求める願いがあるのだな」と思いを吐露する。そして藩が江戸への申し開きのために侍を処刑することが決まり、侍が処刑場へ向かう時、侍の背後で「ここからは……あの方が、お仕えなされます」との与蔵の声が聞こえ、侍は立ちどまり、ふりかえって大きくうなずき、黒光りするつめたい廊下を、旅の終りに向かって進んでいく。

一方、再び日本のためにとの思いから日本に密航し、捕らえられたベラスコは、侍と西が切支丹ゆえに処刑されたことを聞き、「私も彼らと同じところに行ける」と叫ぶ。ベラスコが大村藩の処刑場で火刑となるなか、一つの声がひびく。「生きた……私は……」。

おわりに

キリスト教は、「言葉の宗教」と言われる。旧約聖書・新約聖書を正典と定め、それを根幹に据えているからである。創世記一章の漆黒の混沌に鋭く射込まれる神の鮮やかな言葉「光あれ」の前駆性にも、ヨハネによる福音書一章に示された「初めに言《ことば》があった」と泰然と宣言される包容性にも、明快に示されている。

一五〇〇年以上を要して整えられ継承されてきた聖書には、神話あり、歴史あり、祈りあり、知恵文学あり、イエスに寄り添う福音書あり、手紙あり、黙示ありと、さまざまな面差しと輪郭を持った文学作品が収蔵され、めりはりのきいた発信を続けている。

聖書の喚起力に促されて、私たちの先人たちも私たちも、生き方の詳細を問われ、そこから一つの文学が発想される。日常と非日常、常識と非・常識（非常識ではない）の狭間にある深い淵（詩篇一三〇篇）から、それらの文学が生まれ続ける。

本書は、月刊誌『信徒の友』二〇一一年四月号から二〇一三年三月号まで、二十四回にわたって連載された「あらすじで読むキリスト教文学」を再吟味・再編集したものである。単行本化するにあたって、各作品が発表された順序に並べ変えた。

作家たちが聖書のメッセージや先人たちの生き方に促され創作してきた文学は、決して表層をなぞった薄手のものではなかった。実存がかかっていたのである。その叫びや呻《うめ》きは、天の沈黙やかすかな地鳴りまでを聴こうとする誠実さに根差したものである。

本書は、「キリスト教文学」の骨子への誘《いざな》いである。ぜひ、ここから原作にさかのぼって読んでいただきたいというのが、執筆者一同の切なる願いである。

雑誌連載の時から単行本化まで、編集を担当された日本キリスト教団出版局の市川真紀さんに、心からの感謝を申し述べたい。

二〇二四年三月

柴崎　聰

小玉晃一（こだま・こういち）
1930 年、東京都に生まれる。青山学院大学大学院文学修士。日本ホイットマン協会顧問。青山学院大学名誉教授。著書に『明治の横浜――英語・キリスト教文学』（小玉敏子と共著）、『比較文学の手帖』（共に笠間書院）など。

佐藤ゆかり（さとう・ゆかり）
1968 年、東京都に生まれる。白百合女子大学大学院修士課程修了。修士（文学）。白百合女子大学他非常勤講師。主な著作『正宗白鳥「日本脱出」論』（『キリスト教文学研究』15 号、1998 年）他。

勝呂　奏（すぐろ・すすむ）
1955 年、静岡県に生まれる。桜美林大学教授。日本近現代の文学を宗教との関わりから研究。著書に『評伝 芹沢光治良――同伴する作家』（翰林書房）、『評伝 小川国夫――生きられる“文士”』（勉誠出版）他。

鈴木範久（すずき・のりひさ）
1935 年、愛知県に生まれる。立教大学名誉教授。日本の宗教、キリスト教に関する歴史、思想、社会などの研究者。著書に『内村鑑三』（岩波新書）、『聖書を読んだ 30 人』（日本聖書協会）、『日本キリスト教史』（教文館）など。

関口安義（せきぐち・やすよし）
1935 年、埼玉県に生まれる。都留文科大学名誉教授。早稲田大学大学院文学研究科博士課程修了。文学博士。著書に『よみがえる芥川龍之介』（NHK 出版）、『時代を拓く芥川龍之介』（新日本出版社）、『内村鑑三 闘いの軌跡』（新教出版社）など。2022 年 12 月逝去。

宮坂　覺（みやさか・さとる）
1944 年、長野県に生まれる。早稲田大学卒、上智大学大学院博士課程満期退学。フェリス女学院大学名誉教授。著書に『芥川龍之介人と作品』（翰林書房）、『芥川龍之介と切支丹物』（編・同）など。

山根道公（やまね・みちひろ）
1960 年、岡山県に生まれる。ノートルダム清心女子大学教授。遠藤周作学会代表。著書に『遠藤周作と井上洋治』、遠藤周作探究 Ⅰ～Ⅲ巻（いずれも日本キリスト教団出版局）など。

監修者・執筆者紹介

【監修・あらすじ執筆】

柴崎　聰（しばさき・さとし）
1943年、仙台市に生まれる。慶應義塾大学法学部を卒業し、41年間、編集者として活動。その間、日本大学大学院において学位取得（総合社会文化）。現在、日本聖書神学校講師。日本現代詩人会、日本詩人クラブ、日本キリスト教詩人会、日本キリスト教文学会会員。著書・詩集『文脈に立つ短剣符《ダガー》』など、評論『詩人は聖書をどのように表現したか』など。

【あらすじ執筆＝50音順】

安藤公美（あんどう・まさみ）
1964年、東京都浅草に生まれる。フェリス女学院大学大学院修了。文学博士。神奈川大学、桜美林大学などで文学講師。著書に『芥川龍之介――絵画・開花・都市・映画』（翰林書房）など。

大澤富士子（おおさわ・ふじこ）
1970年、東京都に生まれる。星美学園からフェリス女学院大学へ進学。同大学院博士後期課程を単位取得満期退学。大学院時代から首都圏内の高校で講師を勤め、現在に至る。

奥野政元（おくの・まさもと）
1945年、大阪府に生まれる。関西学院大学卒。現在は活水女子大学名誉教授。主な著書に『中島敦論考』（桜楓社）、『芥川龍之介論』（翰林書房）、『受難の文芸』（翰林書房）など。

尾西康充（おにし・やすみつ）
1967年、神戸市に生まれる。三重大学教授。日本近代文学専攻。主要著書は『椎名麟三と“解離”――戦後文学における実存主義』（朝文社）、『『或る女』とアメリカ体験――有島武郎の理想と叛逆』（岩波書店）など。

影山恒男（かげやま・つねお）
1944年、愛媛県に生まれる。成城大学大学院博士課程修了。田園調布学園大学短期大学部教授、大東文化大学非常勤講師などを歴任。雑誌『同時代』同人。2018年逝去。

上出恵子（かみで・けいこ）
1952年、神戸市に生まれる。関西学院大学大学院博士課程後期満期退学。現在は活水女子大学名誉教授。日本キリスト教文学会会員。著書に『三浦綾子研究』（双文社出版）など。

装幀・本文デザイン／ロゴス・デザイン　長尾 優
イラスト／小林 郁

監修・著：柴崎 聰
著：安藤公美 大澤富士子 奥野政元 尾西康充 影山恒男
上出恵子 小玉晃一 佐藤ゆかり 勝呂 奏 鈴木範久
関口安義 宮坂 覺 山根道公

あらすじで読むキリスト教文学
——芥川龍之介から遠藤周作まで

2024年3月21日　初版発行

発行　日本キリスト教団出版局
〒169-0051
東京都新宿区西早稲田2丁目3の18
電話・営業03（3204）0422
編集03（3204）0424
https://bp-uccj.jp

印刷・製本　ディグ

ISBN978-4-8184-1158-6　C0095　日キ販

Printed in Japan